A la famille Merran (au sens large du terme)

Merci à tous les marocains qui m'ont inspirée cette histoire.

Mars 1967

1

Et toi Jacob ? Que veux-tu faire quand tu seras plus grand?

- Musulman, je réponds en mettant un morceau de poulet au citron avec la peau dans la bouche.

Je n'ai pas le temps d'esquiver la main de mon père qui claque sur ma joue avec l'intention de me faire recracher ce que je viens de dire.

- *Wouliwouliwouli* ! s'écrie ma mère en mettant la main sur sa joue. *Man hdars** ! Que Dieu Préserve !

C'est une mauvaise réponse. Ma mère et mes sœurs me regardent comme si j'étais devenu fou. J'ai huit ans et demi et même si ça a l'air clair pour tout le monde, personne n'a pris le temps de m'expliquer qu'on ne dit pas qu'on veut devenir musulman ni à table, ni jamais. Pire, on n'a même pas le droit d'y penser. Quand on naît dans une famille juive, on peut devenir grand, gros, fort, riche, pauvre, chauve, boulanger, coiffeur, épicier, garagiste mais pas musulman. C'est comme ça. C'est impossible.

Mes sœurs me regardent sans dire un mot pour me défendre. Pas même Odette, la sœur avec laquelle je m'entends le mieux. Pas même Simone qui d'habitude n'est jamais d'accord avec mes parents. Elles auraient pu me prévenir. Elles sont plus grandes, elles savent plus de choses que moi. Comme si la claque n'avait pas suffi, mon père y ajoute une menace :

- Que je ne t'entende plus dire une chose pareille ! Et à table en plus !

Ma mère essaie de calmer mon père et pour changer de sujet, elle se met à crier sur l'une de mes sœurs.

- Rebecca, au lieu de ne rien faire, va chercher la sauce piquante à la cuisine.

Ma sœur se lève en soupirant. Les colères de mon père sont plutôt rares mais elles font beaucoup de bruit. En temps normal, il est drôle mais il peut aussi faire peur avec sa grosse voix. J'y serais bien allé moi chercher la sauce piquante.

- Même pour rire ! ajoute-t-il en pointant son doigt sur moi.

J'essaie de trouver le courage d'expliquer pourquoi j'ai dit ça. Mais quand mon père s'énerve, c'est dur d'en avoir du courage. Et quand je l'ai trouvé, c'est trop tard, ma mère a réussi à porter l'attention de mon père sur le menu de Chabat prochain. Ma tante Hassiba de Casablanca vient à la maison avec son mari et ses enfants.

Pourtant, j'ai dit la vérité. Depuis la semaine dernière, j'ai envie d'être musulman. Comme Brahim, mon meilleur copain. On rigole bien tous les deux. Lui, il porte des gandouras larges et il a le droit de se laver seulement une fois par semaine. Moi, ma mère m'oblige à porter des bermudas et des pantalons qui me grattent quand je transpire et je dois me laver tous les jours. Et en plus, bientôt il va y avoir une grande fête en son honneur. Toute sa famille va se réunir, il va y avoir des bons gâteaux, et il va recevoir plein de cadeaux ! Ça a l'air tellement bien d'être musulman.

Le lendemain, après l'école, on mange des amandes tous les deux et je lui demande :

- Est-ce que ça t'arrive de vouloir être juif toi ?

- Ben non ! Pourquoi faire ?

- Je ne sais pas. Je demandais au cas où.

J'ai huit ans et demi. Presque neuf ans. Et je suis un garçon. Il vaut mieux le préciser car il n'est pas bon de naître sans zizi à Safi. C'est la première chose qu'on regarde lorsqu'une femme vient d'accoucher, avant même de voir quelle tête a le bébé. S'il y a un zizi, on prépare une grande fête pour la circoncision et on invite toute la famille et les amis. Mais s'il n'y en a pas, j'entends ma mère et ses amies répéter : « la malheureuse, elle a eu une fille. Si Dieu veut, le prochain sera un garçon ».

Heureusement, j'ai donc été fourni avec ce qu'il faut pour rendre mes parents heureux. Ma mère a longtemps et beaucoup prié pour que je vienne au monde et que je ne sois pas une fille. Elle a mangé salé pendant des mois. Elle a bu des tisanes de *zahtar** mélangé avec de la *chiba**. Elle le conseille à tout le monde puisque ça a marché pour elle.

Ma mère me répète souvent que je suis trop beau pour être vrai. Je suis son septième enfant mais elle continue de s'émerveiller sur tout ce que je fais. Elle se vante auprès de ses copines de ce que je réussis à faire pour mon âge. Et dès qu'elle me voit, c'est plus fort qu'elle, elle a envie de m'embrasser.

Brahim, lui est le dernier d'une famille de cinq garçons. C'est le fils d'un potier. Il habite dans la Medina alors que moi j'habite en haut de la côte de la Biada. Je vais à l'école, mais lui n'y va pas. Quand on est musulman, on a des privilèges je crois.

Chaque soir, je rentre de l'école à pied avec ma sœur Anna. Avant de rencontrer Brahim, ma sœur et moi, nous n'étions pas rassurés de monter la côte de la Biada. Des enfants arabes nous jetaient des cailloux en criant « *yeoudi ! yeoudi** !». Anna a peur. Et moi aussi mais moi, en plus je suis en colère. Un jour j'ai demandé à Anna :

- Mais pourquoi ils nous lancent des pierres ? On leur a rien fait, nous !

Elle a accéléré et elle m'a dit, agacée :

- Allez dépêche-toi au lieu de poser des questions bêtes ! Maman va s'inquiéter si on est en retard.

Et puis, quand je les ai vus rire, je me suis dit que pour eux, c'est un jeu. Est-ce qu'ils se rendent compte que c'est dangereux ? Si leur mère savait ! Ils prendraient certainement une bonne raclée.

Une fois, j'ai ramassé un caillou et je l'ai envoyé sur un des enfants. Mais je n'ai pas réussi à le toucher et tous ses copains nous ont attaqués. C'était comme si on était sous une pluie de cailloux ! On a vraiment cru que ça allait mal se finir. On a couru super vite. Quand on est arrivés à la maison, Anna était folle de rage contre moi. Elle a tout raconté à ma mère qui a tout raconté à mon père. Et je me suis fait punir. Mes parents étaient énervés contre moi et contre les arabes. Le soir, je me suis levé pour aller aux toilettes et j'ai entendu mes parents en reparler :

- Tu te rends compte, ils auraient pu recevoir un caillou sur la tête ! disait ma mère avec sa voix angoissée. *Lahl hfed* !* Dieu préserve ! ça aurait pu être très grave ! On ne peut plus vivre ici ! C'est plus possible !

- Il faut qu'on réfléchisse sérieusement à partir, a répondu mon père.

J'ai senti une grosse boule dans mon ventre, presque plus grosse qu'un ballon de foot. Partir où ? Dans une autre rue ? On habite ici depuis toujours ! J'aime ma maison moi ! Pas question de déménager à l'autre bout de Safi, tout ça parce que des enfants arabes jouent à viser nos têtes avec des cailloux !

Heureusement, cette mauvaise idée est passée par leurs têtes et elle a l'air d'en être ressortie. Le lendemain et les jours d'après, ils n'en ont pas reparlé.

Il n'empêche que même si c'est une montée, on essaie de marcher le plus rapidement possible pour éviter ces enfants qui jettent des cailloux. Parfois, les jours de sirocos surtout, c'est très dur d'aller vite dans la côte. On transpire de partout. Mon bermuda me colle, et tout me gratte. Je déteste ça ! C'est sur cette montée que j'ai rencontré Brahim. C'était l'année dernière. Brahim livrait une poterie pour son père, il a trébuché ou glissé sur quelque chose et le petit vase qu'il tenait dans les mains s'est cassé en deux. Brahim avait la tête baissée mais j'ai compris qu'il pleurait. Je l'ai entendu renifler. J'ai dit à ma sœur d'avancer à la maison et moi je suis resté avec lui. Il essayait désespérément de faire tenir les deux morceaux ensemble mais sans colle, il n'y avait aucune chance que ça marche. Je ne savais pas encore que son père était potier mais je me doutais qu'il allait prendre une raclée. La dernière fois que j'ai cassé un verre à thé, je m'en suis pris une, alors que je n'avais même pas fait exprès. Et puis, je me suis souvenu que nous avions un petit vase à peu près pareil sur le buffet de la salle à manger. Ma maison est à quelques mètres. Ma mère a tellement d'objets de décoration dans le salon qu'elle ne se rendra pas compte s'il en manque un. Ou alors, elle accusera Aïcha, la bonne comme d'habitude. Je me précipite chez moi et cache le vase sous mon pull. Je sors discrètement sans que personne ne me remarque. Je le lui tends. Il relève la tête. Son visage s'illumine puis se referme aussitôt avec un air méfiant.

- Prends-le !

Je lui dépose à côté et je repars chez moi, sans même attendre un remerciement.

Le lendemain, Brahim est au même endroit et m'attend avec un sac rempli d'osselets.

- On joue ?

On s'installe sur les marches devant ma maison.

- Moi c'est Jacob.

- Brahim.

- Je commence !

Le jour qui suit, il m'attend en bas de la côte de la Biada. Lorsqu'il s'aperçoit que des enfants nous jettent des cailloux, il leur hurle dessus en arabe. Je parle un peu arabe, mais pas assez bien pour comprendre ce qu'il leur dit. En tout cas, il leur fait peur, car les enfants se mettent à courir.

Il a dû manger du mouton la veille car il a encore plus d'osselets.

A partir de ce jour-là, on se retrouve presque tous les soirs après l'école soit en bas de la côte, soit devant chez moi. Grâce à lui, on ne nous jette plus de cailloux sur la côte.

Brahim, c'est le meilleur joueur d'osselets que je connaisse dans tout le Maroc. Même mes cousins de Casablanca qui sont plus âgés ne sont pas aussi doués que lui.

Il ne parle pas très bien français. Ma mère qui passe son temps à me reprendre quand je fais des fautes deviendrait folle parfois si elle l'entendait. Il mélange deux mots d'arabe, avec trois mots de français et il a une conjugaison très spéciale. Mais moi je m'en fiche complètement. On se comprend très bien. Mon père et ma mère parlent arabe entre eux de temps en temps mais à nous, ils ne parlent qu'en français. Ma mère trouve que c'est plus chic et que parler arabe ne sert pas à grand-chose car tout le monde comprend le français ici. Je comprends un peu l'arabe grâce à Aïcha qui elle ne parle presque pas le français. C'est elle qui me gardait quand j'étais petit. Elle adore chanter des chansons marocaines quand elle épluche les légumes. Papi Prosper aussi. Il ne chante pas lui, mais quand je lui parle en français, il répond en arabe.

Odette m'a dit que bientôt, tout le monde serait obligé d'apprendre l'arabe littéraire à l'école. C'est le Roi qui a décidé. Elle n'était pas contente. Moi non plus d'ailleurs car ça va nous faire encore plus de devoirs.

2

Quand il est de bonne humeur, mon père nous fait beaucoup rire. D'abord, quand il rit, tout le monde rit. Et c'est le premier qui rit à ses blagues. Ensuite, il adore faire marcher ma mère et lui faire croire n'importe quoi. Une fois, en voulant attraper une boite d'épice dans un placard en hauteur, il a reçu une boite de conserve sur la tête. Il était un peu sonné et quand il a retrouvé ses esprits, il s'est mis à parler arabe et a fait croire à ma mère qu'il ne savait plus parler français. Elle était affolée. Elle pensait vraiment que son cerveau avait été définitivement abîmé. La plaisanterie a duré toute une soirée. Mon père adore raconter cette histoire. Et son dernier coup n'est pas mal non plus. Dimanche dernier, ma mère est allée prendre le thé chez une cousine. Lorsqu'elle est rentrée, il lui a annoncé qu'il avait installé un nouveau système dans le salon pour allumer la lumière.

- Il suffit de taper dans tes mains. Une fois pour allumer. Deux fois pour éteindre.

- Tsss ! a répondu ma mère qui n'avait pas envie de se laisser embarquer dans une nouvelle histoire.

- Regarde, je te montre !

Mon père a tapé une fois et la lumière s'est allumée. Puis deux fois et elle s'est éteinte. Je faisais un effort pour ne pas exploser de rire. Puis il s'est tourné vers moi et m'a dit :

- Essaie Jacob !

J'ai tapé dans mes mains, le plus sérieusement possible. Ma mère avait encore des doutes mais on sentait qu'elle n'était pas loin de nous croire.

- Essaie toi aussi Ruby, a t'il dit à ma mère !

- Max, tu es encore en train de te moquer de moi ?

- Essaie et tu verras !

Ma mère s'est laissée convaincre et a tapé dans ses mains. La lumière s'est allumée. Puis deux fois et la lumière s'est éteinte. Elle a recommencé plusieurs fois. Je me mordais la joue pour ne pas craquer.

- C'est fabuleux ton système ! Tu as trouvé ça où ?

- On me l'a rapporté de France. Tout le monde en a là-bas.

La France c'est le mot magique pour ma mère. Tout est plus beau en France. Elle y est allée une fois avec sa sœur bien avant que je naisse. Les tomates ont plus de goût, les robes des femmes sont élégantes, les gens polis. Elle passe son temps à lire des romans d'auteurs français : Zola, Flaubert, Victor Hugo.

Elle s'est amusée avec ce nouveau système d'éclairage un bon moment. On est passés à table et on ne lui a pas dit que ma sœur Anna était cachée derrière la porte du couloir avec le doigt sur l'interrupteur. On a parlé d'autre chose. Pendant la nuit, mon père a entendu un bruit de claquement dans le salon. C'était ma mère qui s'était levée pour boire. Elle était en train de taper dans ses mains :

- Ta machine est déjà en panne ! J'espère que tu n'as pas payé ça cher !

Quand mon père nous raconte cette histoire le lendemain au petit déjeuner, il pleure de rire. Nous aussi, on est écroulés. Ma mère rigole avec nous. Il faut dire qu'elle est habituée avec mon père.

Ces fou-rires à la maison, c'est quand il fait beau dehors et qu'il n'y a pas beaucoup de sardines dans la mer. C'est un céréalier. Quel est le rapport entre le beau temps, les sardines et les céréales ? Le beau temps et les céréales, c'est facile à comprendre : comme son métier c'est d'acheter et de vendre des grains de blé, de maïs, et d'orge, c'est le temps qu'il fait dehors qui va faire qu'on aura de l'argent ou pas. Le rapport entre les sardines et les céréales, moins facile. Les adultes répètent très souvent : *« Quand y'en a sardina, y'en n'a pas comera. Quand y'en a comera, y'en n'a pas sardina ». (*Quand il y a des sardines, il n'y a pas de pain. Quand il y a du pain, il n'y a pas de sardine).* Pendant longtemps, j'ai cru que c'était le titre d'une chanson. Et puis un jour, j'ai demandé à mon père ce que ça voulait dire :

- C'est comme ça mon fils ! C'est la volonté du bon Dieu. Les années où la mer donne beaucoup de sardines, les récoltes de céréales sont moins bonnes et le pain est cher. Et inversement.

- Tout le monde ne peut pas être content en même temps ? C'est soit les pêcheurs, soit nous ?

- Oui, c'est un peu ça.

J'ai trouvé ça vraiment injuste.

L'année dernière, il y a eu beaucoup de sardines. Il a fait très chaud et les récoltes ont séché. Mon père n'arrêtait pas de dire à ma mère d'arrêter de dépenser les sous. Il avait beaucoup de mal à faire des blagues. Mais cette année, il a plu comme il faut, donc tout va bien.

Le jeu préféré de mon père c'est de nous interroger sur les capitales. La question peut tomber à n'importe quel moment, au milieu d'une conversation, dans la rue, dans la voiture, ou même quand on est aux toilettes. Il tape à la porte et il dit :

- Jacob, donne-moi la capitale de l'Argentine.

Il faut lui répondre très vite, sinon on a perdu. Au début, je trouvais ça nul comme jeu mais maintenant que je suis devenu fort, je trouve ça drôle. Il a le même genre de jeu avec les tables de multiplication. Mais pour le moment, il embête surtout mes sœurs avec ça.

Chez moi, c'est très bizarre. Mon père travaille avec des arabes dans son entreprise de céréales, ma mère rigole avec l'épicier, le marchand de poisson et les autres commerçants de la rue du Rbat et elle leur souhaite en arabe de vivre en paix, ils s'entendent très bien avec Myriam et Ismaël, les voisins qui viennent manger la *dafina* de temps en temps à la maison. Pourtant j'ai l'impression que mes parents ont quelque chose contre les arabes. Ça a un rapport avec les informations. La dernière fois, on était à la plage avec ma mère et je lui ai demandé :

- Tu les aimes bien les arabes ?

Je ne l'ai jamais vue aussi mal à l'aise. Elle m'a lancé un regard noir puis elle a regardé partout autour si quelqu'un avait entendu ma question. Et elle m'a répondu en pinçant les lèvres :

- Bien sûr que je les aime les arabes !

Elle a dû sentir que j'allais poser d'autres questions car elle a changé de sujet. Elle s'est tournée vers ma sœur et lui a raconté que la fille de Madame Arrosa allait bientôt se marier avec le fils Sibony.

Forcément, à cette époque, je ne peux pas imaginer ce qui se passe dans la tête de mes parents. Mais est-ce que cela aurait changé quelque chose ?

3

Brahim ne va pas à l'école car il aide son père. Ils sont cinq garçons. Son plus grand frère est policier mais tous les autres travaillent à la colline des potiers. Deux de ses frères fabriquent des poteries avec leur père, un frère fait des livraisons avec une carriole et lui fait des petites livraisons à pied.

- Avec mon frère, nous livraisons les poteries que mon père il fabrique !

- Nous livrons ! Je l'ai corrigé.

Sauf que le problème de Brahim, c'est qu'il est très maladroit. Il tombe souvent. Il casse tout. Il renverse. Et son père, ça le met très en colère alors qu'il ne fait pas exprès. La dernière fois, on s'est acheté une boule de glace avec l'argent que mon oncle Henri m'a donné. On l'a partagée car lui aussi il adore les glaces, mais il l'a faite tomber par terre. J'ai dit que ce n'était pas grave mais j'ai menti car j'adore les glaces.

Brahim est maladroit, mais ça ne l'empêche pas d'être fort aux osselets. J'ai beaucoup de mal à le battre. Parfois, on joue aussi à Zorro tous les deux. Quand on n'arrive pas à se mettre d'accord sur qui fait Don Diego de la Vega et qui fait le sergent Garcia, on dit qu'il y a deux Zorro qui protègent le Maroc. Lui s'occupe du sud car il a de la famille à Essaouira et moi je m'occupe du Nord car j'ai des oncles et tantes et ma grande sœur qui habitent à Casablanca.

La première fois que Brahim est venu chez moi, il était très impressionné car chez lui, ce n'est pas aussi grand et pas aussi bien décoré. Et lui, il n'a pas une chambre pour lui tout seul. Ses frères et lui dorment tous dans la même chambre. Moi comme je suis le seul garçon, j'ai le droit d'avoir une chambre pour moi. Quand mes sœurs ne sont pas à l'internat, elles partagent leur chambre.

- Je ne suis jamais venu dans la maison des juifs ! Il m'a dit en regardant les *Mézouzahs* à l'entrée des portes.

- Et alors, tu trouves ça différent ?

- Ben non. Enfin, si, c'est grand.

Aïcha était dans la cuisine en train de pétrir de la pâte à pain. Elle a souri quand elle nous a vus. Ils ont parlé en arabe avec Brahim. Elle connaît la sœur de sa mère. C'est normal, à Safi, tout le monde connaît quelqu'un qui connaît quelqu'un qu'on connaît. Puis Aïcha a soulevé un torchon qui recouvrait une grande tôle et elle en a sorti deux petits pains au maïs tout chauds. Elle a ouvert le placard où il y a le pain de sucre et elle a rempli les petits pains avec. Elle sait que j'adore ça. On s'est régalés. Elle est comme ma mère. Ça lui fait plaisir de voir les gens manger.

En ce moment, on aime bien jouer aux explorateurs. On est très courageux. Rien ne nous fait peur. On a déjà exploré les chambres de mes sœurs. On a découvert que Messodi, ma sœur de seize ans avait un amoureux en fouillant dans son bureau. Ils s'écrivent des lettres d'amour qui puent le parfum. On a même trouvé un paquet de cigarettes sous le matelas de Simone, ma sœur de vingt ans. Comme on en a un peu marre d'explorer ma maison, je demande à Brahim :

- T'as déjà vu un vrai dentier ?

- Non.

- Suis-moi !

C'est l'heure de la sieste de mon grand-père. Papi Prosper habite une grande maison en face de la nôtre. C'est là que mon père a grandi. C'est une vieille villa un peu plus grande que chez moi. Mes oncles et tantes de Casa Blanca dorment là-bas quand ils viennent à Safi. Ma grand-mère est morte il y a très longtemps et je ne l'ai pas connue. Avant, papi travaillait avec papa dans les céréales mais aujourd'hui il est trop vieux. Et donc maintenant, il s'occupe de ses collections. C'est un collectionneur de collections. Chez lui, on dirait un musée. Il y en a partout. Il collectionne tout ce qu'il trouve, mais alors vraiment tout. Des bouteilles, des journaux, des cartes postales, des timbres, des flacons de parfum vides… et surtout des pièces de monnaie. Il les range dans des grands livres, par pays et par année. Et ce qu'il préfère le plus, c'est les montrer. Le problème c'est qu'il peut en parler pendant des heures et des heures. Dès que quelqu'un voyage, il lui demande de lui rapporter des pièces. J'ai demandé à mon père :

- Mais papi, il doit être super riche avec tous ces sous ?

- Tu parles ! Est-ce que tu crois que Hmido l'épicier accepte les pesetas ou les lires ? Au Maroc, ça ne vaut rien.

Papi me demande souvent de regarder dans les poubelles si quelqu'un n'a pas jeté des choses importantes pour sa collection mais ma mère a horreur de ça.

- Je t'interdis de faire les poubelles !

- C'est pour papi !

- Même si c'est pour le président de la France ! Et si quelqu'un te voit ? Mon fils n'est pas un vagabond !

Nous frappons à la porte. Sa bonne Minha nous ouvre. C'est la sœur d'Aïcha. Je lui dis que ma mère m'a envoyé chercher des papiers très importants. Elle ne pose pas plus de questions et nous laisse entrer. Elle retourne à sa friture, car mon grand-père adore manger des *sfunge** pour le goûter. Ça sent dans toute la maison. Papi ronfle fort. On l'entend depuis le salon. On ne fait pas de bruit. On va dans sa chambre. Il dort profondément. On s'approche de son lit. Juste à côté, il y a un verre avec son dentier. Je le prends et je le montre à Brahim. Il fait une mine de dégoût. Je remue un peu le verre pour faire bouger les dents. On rit en silence.

Je l'emmène ensuite dans la pièce où papi range toutes ses collections. J'ouvre la porte doucement. C'est une pièce aussi grande que ma chambre mais c'est le gros bazar. Il y a du papier peint abîmé avec des grosses fleurs. Je n'ai pas compté mais il doit y avoir plus de cent mille choses. On ne peut même pas marcher. Il y a des caisses de livres et d'albums, des piles de journaux, des tas de bouchons… Minha n'a pas le droit d'y mettre les pieds. Cette pièce, c'est un rêve pour tous les explorateurs. Nous entrons et sans faire exprès, Brahim bouscule une bouteille qui en bouscule une autre qui fait tomber une pile de journaux sur ses pieds. On dirait un tremblement de terre. Ça fait un de ces bruits ! Mon grand-père se réveille se met à crier le nom de la bonne. On se dépêche de tout remettre en place. Il arrive avec un balai, prêt à nous taper dessus :

- Papi ! C'est moi ! C'est moi ! Je voulais montrer à mon copain Brahim, toutes tes collections.

Mon grand-père n'a pas eu le temps de remettre son dentier. Ça lui fait une tête bizarre, surtout au niveau de la bouche. Il postillonne de partout. Ça nous donne envie de rire. On se retient, car il a l'air en colère. Et s'il le dit à mes parents, je risque d'être puni. Il me gronde en arabe.

- *Mat jich ina** ! Tu n'as pas le droit de venir ici !
- Désolé, papi.

Brahim répète en arabe qu'il est désolé.

- *Smehlya* ! Smehlya* !*

Mon grand-père ramasse la pile qui est tombée et vérifie qu'aucune bouteille n'est cassée. Puis il se calme. Il dit à Brahim :

- Tu veux que je te montre ?

Brahim fait oui pour être poli. Et moi dans ma tête, je dis : oh non… Brahim est fichu. Il va devoir écouter mon grand-père pendant des heures et des heures et encore des heures. Quand il commence, on ne sait jamais quand il va s'arrêter. Mon grand-père apporte sept énormes albums de pièces dans la salle à manger ainsi que sa loupe. Il installe Brahim à côté de lui. Il est pris au piège. Au début, il a l'air intéressé mais très vite, il baille. Il s'ennuie et moi aussi. Je compte les fleurs du papier peint sur le mur. On n'ose rien dire. Brahim est bien élevé. Quand Minha apporte le thé avec les *sfunges**, on pense être sauvés. Mais on se trompe. On prend chacun un beignet avec du sucre dessus. Mon grand-père avale le sien et continue, encore et encore. Le cauchemar… Je réfléchis à ce que je pourrais faire pour nous libérer. Et puis, au bout d'un moment, je lance :

- Papi, il est tard ! Il doit rentrer ! Sa mère va s'inquiéter.

- Attend encore un peu, il n'a pas vu le meilleur !

- Mais moi aussi, je dois partir ! Tu connais maman.

- Bon, alors pars, toi ! Je dois encore lui montrer les pièces françaises en argent.

Heureusement, le téléphone sonne. Mon grand-père se lève pour répondre. On en profite pour sortir en courant.

- Il parle toujours aussi longtemps ton grand-père ?

- Il peut faire bien pire ! Je crois qu'il t'aime bien !

- Il n'allait jamais s'arrêter !

- Il n'a sorti qu'une très petite partie de sa collection. Tu aurais pu rester une semaine entière !

- On explore plus chez lui ! *Barraka** !

4

Ma mère passe beaucoup de temps à s'occuper de la maison. Elle demande à Aïcha de tout bien nettoyer tous les jours. Elle adore acheter des choses pour décorer chaque pièce. Le chic du chic pour elle, c'est tout ce qui vient de France : des petits objets en porcelaine très fragiles, ou des tableaux. Quand on reçoit du monde, elle n'oublie jamais de le préciser quand on lui fait des compliments. Un autre avantage que j'ai à être le seul garçon, c'est qu'elle ne me crie pas dessus pour que je range mes affaires. Mais ce n'est pas le cas de mes sœurs, qui non seulement doivent ranger leur chambre, aider ma mère et même parfois ranger aussi mes affaires.

Ma mère est très belle. Par rapport à ses copines qui viennent prendre le thé à la maison, c'est vraiment la plus jolie. Elle a de petits yeux verts clairs et des cheveux très foncés pas très longs qu'elle passe beaucoup de temps à coiffer. Elle porte des jolies robes avec du rose, du bleu, du jaune. Elle n'est pas super grosse contrairement à madame Bensoussan et à madame Cohen. Pourtant, c'est sans doute la meilleure cuisinière de Safi. Les gens qui viennent à la maison lui font plein de compliments quand ils goutent ses *rlibats* et ses *massapans*. On lui demande ses recettes, mais elle s'arrange toujours pour oublier un ingrédient. La dernière fois, elle expliquait à ma sœur Jacqueline comment faire le pain du Chabat et elle lui disait :

- On va certainement te demander la recette. Surtout tu restes floue sur les quantités ou alors tu fais exprès d'oublier un ingrédient. Il est important que les gens apprécient de venir manger chez toi.

Ma mère pense que ne pas finir son assiette représente un grand danger. On s'arrête de grandir, on a mauvaise mine, on a des trous de mémoire, on dort mal la nuit et on peut tomber malade. Donc, il n'est pas envisageable de quitter la table en laissant l'ombre d'une miette de boulette. Mais même si ma mère a la réputation d'être l'une des meilleures cuisinières de Safi, je n'aime pas tout ce qu'elle prépare. J'aime bien son poulet aux olives et la *dafina* du samedi midi mais les tripes, la langue ou le foie… ça me dégoute ! Ces plats dont mon père raffole lui demandent beaucoup de travail et sont paraît-il, très bons pour le développement des enfants, donc je n'ai pas le droit de quitter la table sans avoir terminé. J'ai beau négocier, il n'y a rien à faire, mon assiette doit être vide. Un jour je suis resté presque trois heures dans la salle à manger. Toutes mes sœurs étaient parties se coucher sauf ma mère et moi. J'ai bien essayé de cacher quelques morceaux de foie, en dessous de la grande table, sur le rebord. Mais elle s'en est rendue compte et maintenant, elle m'a à l'œil. Quand je ne mange pas assez vite, elle prend ma fourchette et remplit ma bouche, sans me laisser négocier. Elle fait même semblant d'avoir mal au poignet, en gémissant pour me mettre la pression et pour que ma bouche s'ouvre plus vite.

Ma mère s'inquiète beaucoup pour tout, tout le temps. La dernière fois, elle écoutait la radio et elle entendait qu'il y avait eu trois morts en Israël, près de la frontière. Même si nous n'avons pas de famille en Israël, même si elle ne connaît personne là-bas, elle était aussi très inquiète pour les israéliens. De manière générale, ma mère s'inquiète trop. Je pensais qu'elle voyait le mal là où il n'y avait rien de spécial. Et puis j'ai découvert ce que ça voulait dire être angoissé. La peur s'est installée chez nous, comme si c'était un nouveau membre de la famille.

Avril 1967

5

J'ai six sœurs. La plus grande, Jacqueline s'est mariée l'année dernière. Son mariage, ce n'était pas une partie de plaisir. J'ai cru que j'allais y laisser mes joues. : on n'arrêtait pas de me pincer en me disant : « *Tbarquela**, qu'il a grandi ! » ou encore « A ton mariage ! ». Mais moi je n'ai pas envie de me marier. Ils sont fous ! Je suis trop jeune ! Les filles sont nulles et elles ne savent jouer qu'à la marelle et à la corde à sauter ! Jacqueline était très belle avec sa robe blanche bien gonflée. Son mari, Bruno avait un énorme nœud papillon autour du cou, on aurait dit un paquet cadeau. Ma mère n'a pas arrêté de dire à tout le monde qu'il était de bonne famille et qu'il avait une bonne situation à Casablanca. Il travaille pour une compagnie de bateaux de croisière. Je l'aime bien. Il m'a promis qu'un jour il m'emmènerait en voyage dans l'un de ses bateaux.

Ma sœur la plus jeune, Anna, n'a qu'un an et quatre mois de plus que moi mais elle se prend pour une grande. Elle est très énervante. Elle croit qu'elle peut me donner des ordres. Je ne me laisse pas faire. Et moi aussi parfois, je l'embête. Elle passe son temps à cafter aux parents tout ce que je fais. Je suis tout le temps avec elle puisqu'on est dans la même classe. Elle a souvent des bonnes notes. Mais il faut dire qu'elle fait toujours ses devoirs. Vivement l'année prochaine, quand elle sera à l'internat à Marrakech ! J'aurai la paix ! Et elle ne pourra plus rien répéter à ma mère. Tout le monde dit qu'on se ressemble beaucoup physiquement. Je ne trouve pas. Avec ses yeux ronds, on dirait un poisson.

Il y a aussi Rebecca qui a vingt-deux ans. Elle est très belle, même si elle n'est pas très grande. Les garçons sont tous amoureux d'elle. Elle a des yeux verts, les cheveux clairs et la peau un peu caramel. Quand elle met du rouge à lèvre, je pense que c'est la plus belle fille du Maroc. Sauf qu'elle est en France. Elle fait ses études de pharmacie à Montpellier. Elle revient peu à Safi car la France c'est loin. Je ne la vois pas beaucoup. Le voyage est long et il coûte cher. Mais elle va revenir pour les vacances d'été quand elle aura fini ses examens.

Simone a vingt ans. Elle n'est pas comme les autres filles. Elle s'en fiche des robes et du maquillage. C'est la rebelle de la famille. Avec mes parents, c'est la guerre. Elle leur tient tête. Elle n'a pas envie de faire des études en France comme Rebecca. Dès qu'elle a eu son bac, elle a voulu travailler pour gagner son argent à elle. D'abord dans un magasin de chaussures, puis au cinéma Roxy, puis dans une banque, et dans une boulangerie. Et finalement, elle a trouvé un travail qui lui plaît bien. Elle s'occupe des Eclaireurs de Safi. Elle est cheftaine de scouts. Elle n'est jamais là pendant les vacances scolaires. Avec elle, il y a toujours de l'action. Les dîners sont animés et ça finit toujours par crier. Elle répète à mes parents qu'elle s'en fiche de ce que les autres pensent. Ma mère dit qu'elle est née avec le sale caractère de sa belle-mère. Mon père répond toujours qu'il y a beaucoup plus de casse-pieds dans sa famille que dans la sienne.

Messodi a seize ans. C'est l'opposée de Simone. Elle ne s'énerve jamais, elle est toujours très calme, même un peu timide. Elle est au lycée à Marrakech. Comme ma mère, elle vénère les écrivains français. Elle a toujours la tête dans un livre. Elle adore ça. Ma mère est obligée de lui demander d'arrêter de lire quand nous sommes à table car ça ne se fait pas. Quand j'étais petit, c'est elle qui me lisait des histoires. Mais maintenant que je sais lire, je dois me débrouiller tout seul. Elle rêve d'être écrivain. Si ça se trouve un jour, elle écrira un livre qui parlera de moi !

Et puis, il y a Odette. Elle a quatorze ans. Elle est aussi à l'internat du collège à Marrakech, donc je ne la vois que le week-end, pendant les fêtes et les vacances scolaires. C'est ma sœur préférée. Elle me parle comme si j'étais un grand et pas un bébé. C'est la seule qui me donne des explications quand je lui en demande et quand elle en a. Elle veut devenir coiffeuse de gens connus à Paris quand elle sera plus grande. Elle m'a montré un magazine la dernière fois où des femmes avaient des « coiffures à la mode ». Un jour, elle partira de Safi, elle ouvrira son salon et toutes les chanteuses qu'on entend à la radio : Sheila, Sylvie Vartan, France Gall viendront se coiffer chez elle. En attendant elle s'entraîne sur des poupées, sur mes sœurs et aussi sur moi. Ma mère n'est pas très contente quand elle pratique sur ma tête. Elle me met plein de produits : de l'huile d'olive ou de l'huile d'argan, parfois du vinaigre qui pue. Et elle utilise une brosse qui rend mes boucles toutes lisses. Mais ce que j'aime c'est que pendant qu'elle me coiffe, on discute. Quand je l'écoute me parler de son rêve de devenir une grande coiffeuse, je me demande moi aussi ce que je deviendrai quand je serai plus grand. La dernière fois, le Rabin Moshé a dit à la synagogue qu'il y avait le libre arbitre. On peut choisir de faire ce qu'on veut, Dieu nous laisse le choix. C'est une bonne nouvelle.

Quand ma mère l'envoie faire une course chez l'épicier, Odette me demande toujours de l'accompagner. Elle pourrait y aller avec Anna ou Messodi. Mais je suis le seul garçon et même si je suis le plus petit, je suis le plus fort. Elle pense que je peux la protéger. Elle a peur qu'on nous enlève. Notre tactique c'est de faire semblant de parler arabe alors qu'en vérité on ne connaît seulement quelques mots.

Odette m'aime autant que ma mère mais sans les inquiétudes. Elle s'en fiche si je ne mets pas mon chapeau quand il fait chaud ou si je ne termine pas mon assiette de poivrons farcis. La dernière fois, j'ai trouvé une barrette dorée à la plage. J'ai demandé un morceau de journal à Brahim avec lequel il enveloppe les poteries pour ne pas qu'elles s'abîment et je lui ai offerte pour qu'elle fasse des coiffures avec. Elle était tellement contente ! Elle m'a pris dans ses bras et elle m'a dit qu'elle avait de la chance d'avoir un frère comme moi.

Je ne sais pas si c'est parce qu'elle n'a pas mis son chapeau à la plage ou si c'est parce qu'elle n'a pas fini son assiette mais Odette est revenue de Marrakech avec une mine atroce a dit ma mère. Elle est très pâle et elle n'arrête pas de tousser. Elle est restée au lit tout le week-end. Ma mère lui a donné des cuillères de miel avec de l'huile d'olive et des tisanes. Mais elle ne va pas mieux. Elle a de la fièvre. Elle n'est pas repartie à Marrakech.

Comme mon père connaît le docteur Benmimouni, il a accepté de venir voir ma sœur un dimanche. Il est resté longtemps avec elle et puis il est descendu dans le salon. Mon père m'a demandé de monter dans ma chambre avec Anna.

Qu'est-ce que c'est énervant ! Moi aussi, je veux savoir ce qu'elle a. Quand j'entends le docteur partir, je dévale les escaliers et je demande des nouvelles. Mes parents ont un visage triste. Mon père me dit que tout va bien. Odette a seulement besoin de se reposer car elle est très fatiguée. Comme d'habitude, il ne me dit pas toute la vérité car je suis trop petit pour comprendre.

J'ai peur. Je sens que c'est grave. Très grave même. J'ai interdiction formelle d'aller la voir. Ma grande sœur Jacqueline a téléphoné et a annoncé qu'elle venait dès demain. Si c'était un simple rhume, elle ne ferait pas tout ce chemin depuis Casablanca. J'ai espéré que je n'irais pas à l'école mais c'est tout le contraire. Comme ma mère essaie de me cacher ce qui se passe, elle préfère que je ne sois pas à la maison.

En une journée, la nouvelle de la maladie de ma sœur s'est propagée dans Safi. Des tantes, des cousines, des amies se relaient pour soutenir ma mère. Elles nous apportent toutes sortes de gâteaux ou de plats à manger pour nous donner des forces. Myriam la voisine aussi, une marocaine qui est très proche de ma mère passe tous les jours avec un plat et vient discuter avec elle.

Tout le monde est triste à la maison. Ma mère a les yeux gonflés. Même si elle fait semblant devant moi, je sais qu'elle n'arrête pas de pleurer. Elle a le nez rouge à force de se moucher. Mon père a son visage fermé et dur et il ne fait pas de blague. Il ne m'interroge même pas sur les capitales. Et moi j'ai une boule dans le ventre. Je ne sais pas quoi faire. J'ai demandé des informations à Aïcha, qui a le droit d'aller dans la chambre d'Odette. Elle m'a répondu en arabe :

- Allah est grand. *Inch'allah**, tout ira bien.

Elle est très inquiète aussi.

Brahim me rejoint en bas de la côte de la Biada. Il essaie de me changer les idées en me proposant toutes sortes de jeux, mais vraiment, là, je n'ai pas le cœur à jouer. Il me demande :

- Elle va mourir ?

Je m'énerve instantanément.

- Bien sûr que non ! Elle a juste besoin de retrouver des forces.

- Elle va guérir vite alors.

Mais il n'est pas médecin, il ne peut pas savoir.

6

Je déteste l'école. Je ne comprends même pas pourquoi ça existe. Chaque matin, ma mère nous dépose en voiture devant le grand bâtiment blanc. Ah, j'ai oublié de mentionner un élément important. Certaines familles ont des problèmes de santé, des problèmes d'argent, des problèmes de dispute entre des frères. Nous on a des problèmes de retard. Nous ne sommes jamais à l'heure. Comme si toutes les horloges et les montres du Maroc étaient en colère contre nous. Et c'est un gros problème, pour mes sœurs et moi. Messodi et Odette partent à l'internat à Marrakech en car. Quand mon père les accompagne à la station le lundi matin, il est obligé de faire presqu'un quart du chemin en voiture pour le rattraper. Quant à Anna et moi, ma mère nous accompagne en chemise de nuit presque tous les matins. On est devenus champion d'excuses. Monsieur Tobelem, le maître, ne nous croit jamais quand on lui dit que ce n'est pas de notre faute. Et on se fait punir. Soit on part trop tard, soit la voiture ne démarre pas, soit ma mère ne trouve pas les clés, soit elle rencontre une amie sur le chemin… Encore pire quand c'est mon père qui nous accompagne. Il n'y a pas un jour où nous sommes à l'heure.

Même si Anna est plus grande que moi, on est dans la même classe. C'est une rapporteuse. Elle raconte tout à ma mère : qui a été interrogé, qui a su répondre, qui n'a pas su… et ensuite, ma mère le raconte à ses amies ou à mes tantes quand elles viennent prendre le thé à la maison. Le problème c'est qu'Anna rapporte aussi tout ce qui se passe pour moi et je me fais souvent punir à cause d'elle. Je la déteste ! L'année prochaine, elle sera à l'internat à Marrakech pour la sixième. Bon débarras !

Monsieur Tobelem est juif mais il se prend pour le roi Hassan II dans sa classe. Chaque matin, il attend que tout le monde s'installe à sa place et il entre après tout le monde. Il s'assoit royalement. Il enlève ses chaussures et il fume. Quand il fait chaud, ceux qui sont au premier rang peuvent sentir l'odeur de ses pieds mêlée à celle de sa cigarette. Il adore interroger les élèves qui ne savent pas. Celui qui n'a pas la réponse à l'une de ses questions, il le tape avec sa règle, soit sur le dos ou à l'intérieur de la main, soit sur le bout des doigts et même parfois sur la pointe des pieds. La dernière fois, Sami mon copain, avait oublié de faire ses exercices de mathématiques et il s'est pris cinq coups sur le bout des doigts et cinq coups sur la paume des mains. Il a pleuré et les grands se sont moqués de lui à la récréation.

Il n'y a rien à faire, l'école c'est obligatoire. C'est comme ça. Fais et tu comprendras, nous dit souvent le Rabin Moshé au *Talmud Torah*. Je me demande à quel moment je comprendrai. Ma mère me dit que l'école me servira beaucoup quand je serai grand. Mais bon quand je lui demande des exemples, elle me dit d'arrêter de poser des questions. Heureusement qu'il y a la récréation. J'ai plein de copains. Je suis même le chef d'une bande. Sans me vanter, je suis très fort aux billes et quand c'est la saison, je suis aussi très fort au jeu des noyaux d'abricot. Le but, c'est d'en avoir le plus possible. Chacun dispose contre un mur un petit tas de trois ou quatre noyaux. Celui qui gagne, c'est celui qui réussit à casser le petit tas avec un autre noyau. Tout le monde veut m'affronter. Je bats même les plus grands. S'il n'y avait pas les professeurs, les leçons de math, de lecture, de conjugaison et les dictées, et si ce n'était pas tous les jours de la semaine, l'école, ce serait génial.

Brahim lui a trop de chance car il ne va pas à l'école. Dans tous les cas, il n'aurait pas pu être dans la même école que moi car je suis à l'Alliance et c'est une école juive.

Aujourd'hui, plus que les autres jours, je

n'écoute rien. Je pense à Odette, seule dans sa chambre avec tous ses microbes qui la retiennent prisonnière. Heureusement, monsieur Tobelem ne s'en aperçoit pas. Il est de mauvaise humeur à cause de son journal. Il a toujours *La Vigie* ou *le Petit Marocain* avec lui. Après nous avoir fait une leçon interminable sur les multiplications, il nous a donné des exercices pour pouvoir lire tranquillement les actualités. Il ne peut pas s'empêcher de faire des commentaires à voix haute.

- C'est pas bon la Syrie… C'est pas bon du tout.

Ou encore :

- *« Pas de paix au Moyen orient tant qu'Israël continuera d'exister »* Nasser ! Jusqu'à quand tu vas nous emmerder ?

Il dit souvent des gros mots quand il lit les journaux. Lui, il a le droit. Nous, s'il entend un gros mot à la récréation, nos parents sont convoqués et on a une énorme punition.

- *« Nous devons combattre le sionisme. »* Mais qu'est-ce qu'on fout dans ce pays ! Comment peuvent-ils écrire des choses pareilles ? Il faut qu'on quitte le Maroc !

Je ne peux pas m'empêcher de sourire. Ce serait extraordinaire que Monsieur Tobelem quitte le Maroc.

Mon père aussi lit beaucoup les journaux. Et il écoute aussi les informations à la radio. Mais la dernière fois que je lui ai demandé de m'expliquer ce qui se passait avec la Syrie, l'Egypte et Israël, il m'a demandé si je connaissais la capitale de ces trois pays.

- Vite ! a t'il insisté, comme si j'allais perdre le jeu d'une seconde à l'autre.

J'ai répondu, Jérusalem, Le Caire et je me suis trompé sur la Syrie. J'ai confondu avec le Chili et j'ai répondu Santiago.

- Damas ! C'est Damas, la capitale de la Syrie, enfin Jacob !

J'ai insisté pour qu'il m'explique.

- Papa, c'est qui ce Nasser ? Et pourquoi tout le monde parle de lui en ce moment ?

- C'est le président d'Egypte, et… il ne vaut vraiment pas la peine qu'on s'intéresse à lui. Il ne fait que créer des problèmes.

- Mais qu'est-ce qu'il a fait ?

- Jacob, tu es trop petit pour comprendre les actualités. Quand tu seras plus grand, je t'expliquerai. Va jouer !

Qu'est-ce que ça m'énerve ! Ça me donne encore plus envie de savoir. En plus, il répète souvent à ma mère que les journaux mentent.

Après l'école, je passe à la maison avec Brahim pour voir si ma sœur est sortie de sa chambre. Mais la porte est toujours fermée et personne ne me dit rien. C'est mauvais signe.

Brahim est aussi triste que moi. C'est comme si Odette faisait partie de sa famille, même s'il ne la connaît pas aussi bien que moi. Il essaie de me remonter le moral. Il me laisse gagner aux osselets. Mais ça ne change à rien. Et j'ai de plus en plus peur pour ma sœur.

7

C'est bientôt *Pessah**. Chaque année, ma mère engage une bonne supplémentaire et à trois, elles nettoient la maison du sol au plafond. Les murs, les placards, les chambres, la cuisine, les tapis… Elle doit supprimer le *hametz** de toutes les pièces. Pour ma mère, c'est l'occasion de faire briller la maison comme si elle était neuve. Pas une seule miette, tâche ou poussière ne survivra. Cette année, avec la maladie d'Odette, la guerre contre la saleté est encore plus terrible que l'année dernière. Ma mère a besoin de s'occuper l'esprit, a dit ma sœur Messodi. Elle se lève tôt et ne laisse son éponge que tard le soir. Moi, aussi j'ai du mal à penser à autre chose qu'à Odette mais bon, ce n'est pas pour autant que je vais me mettre à ranger ma chambre.

Pessah n'est plus ma fête préférée. Avant, toutes mes sœurs venaient à la maison ainsi que mes cousins de Casa. Ma mère mettait toutes les rallonges à la grande table de la salle à manger et ajoutait même une autre table. Elle s'habillait avec son plus beau caftan, et elle était contente de recevoir tout le monde. Il y avait une de ces ambiances ! On passait le premier soir à la maison et le deuxième soir, on allait chez l'une de mes tantes. A la maison, ma mère faisait dîner les enfants (mes cousins, Anna, et moi) avant le commencement de la *Hagada* : la longue très longue prière qui rappelle comment le bon Dieu nous a fait sortir d'Egypte et de l'esclavage. Ma mère nous installait autour de la table basse pour écouter la prière. La coutume veut que nous buvions quatre verres de vin accoudés sur la table. C'est signe de délivrance car à l'époque des pharaons, seuls les hommes libres pouvaient boire et manger allongés. Je le sais car c'est le seul soir où mon père aime bien donner des explications. L'année dernière, mon cousin Armand et moi, on a été un peu plus religieux que tout le monde. On s'est accoudés et on a bu une demi-bouteille de vin sucré à deux sans que les adultes ne s'en aperçoivent. Enfin, ils ont fini par se douter de quelque chose quand on est partis dans un fou rire tous les deux alors que la *Hagada* n'était pas terminée. Ensuite on a vomi et on s'est fait punir.

Cette année, on passe les deux soirs à la maison pour ne pas laisser Odette seule, même si elle reste dans sa chambre. Il n'y a pas cette ambiance de fête. Tonton Henri et tata Rosette, la sœur de mon père, qui habitent Safi aussi ne sont pas venus. Il y a seulement ma tante Rachel qui est venue avec son mari et ses deux enfants car il y a des travaux chez elle. Mais ces cousins-là sont beaucoup plus grands que moi. Ils discutent avec mes grandes sœurs. Papi Prosper est là aussi. Il lit l'hébreu très vite car il a faim et ça énerve mon père qui perd le fil de la lecture. Alors mon père chante plus fort pour couvrir la voix de mon grand-père. C'est comme s'ils faisaient une course de prières : celui qui lit le plus vite et le plus fort a gagné ! C'est le seul moment un peu drôle de la soirée. Parce qu'à part ça, je m'ennuie beaucoup. Mon père a décidé que je devais m'assoir à côté de lui pendant la prière. Il m'a dit que j'étais assez grand pour suivre, maintenant. Je suis assez grand seulement quand ça l'arrange ! Mais toujours trop petit pour savoir comment va Odette. Je n'ai pas eu le droit de dîner avant, comme d'habitude. Ma mère a acheté des verres à vin minuscules pour les enfants, pour éviter une nouvelle cuite. Et c'est mon père qui me sert. Forcément c'est moins marrant que l'année dernière avec Armand. Je meurs de faim. D'habitude, quand mon père lit les dix plaies d'Egypte, il adore donner des explications supplémentaires comme s'il avait bien connu cette époque. Mais cette année, il ne fait pas de blague. Et c'est vraiment très très long. Ma mère a pitié de moi. Elle se doute que j'ai faim et quand je me lève pour aller aux toilettes, elle m'attend à la sortie et me donne de la *matsah** avec de la *chouchouka**.

Odette est dans sa chambre, seule. J'aimerais tellement être avec elle. Je ne sais pas encore lire l'hébreu mais je regarde le livre de prière et je fais semblant pour que Dieu accepte de la guérir.

Le deuxième soir, c'est pire que le premier. Il y a eu une nouvelle aux actualités qui a fait peur à tout le monde. Une bataille aérienne au-dessus du Golan, à la frontière entre Israël et la Syrie a fait des morts. Les pays arabes appellent à s'unir contre Israël. Le visage de mon père est fermé, encore pire que si j'avais eu un mauvais bulletin à l'école.

J'ai l'impression qu'il y a cinquante plaies d'Egypte et non dix. Le temps d'esclavage est interminable ce soir.

Mes parents ont invité un cousin de ma mère qui est Rabin avec sa femme : Abraham et Liliane. C'est la première fois que je les vois. Comme il est Rabin, ils espèrent qu'il va prier pour la guérison de ma sœur. Ils habitent Mogador et sont de passage à Safi pour les fêtes. Papi Prosper m'a expliqué que les gens de Mogador mangent avant de venir chez les gens chez qui ils sont invités. Ils ne finissent jamais leurs assiettes pour ne pas qu'on pense qu'ils n'ont rien à manger chez eux. Je vais vérifier si c'est vrai ce soir.

Quand la Hagada se termine enfin, j'ai le droit de m'assoir à côté de mes sœurs, du côté des enfants. Toutes les discussions des adultes tournent autour de l'actualité.

- Israël a détruit des armes syriennes et a envoyé ses avions au-dessus de Damas, dit mon père. Si ça s'embrase, c'est mauvais pour nous. Tu as vu comme la presse s'attaque sans retenue à Israël ?

- Mohamed V nous a toujours protégés. Mon père m'a raconté que pendant la seconde guerre mondiale, il a refusé que les juifs portent l'étoile jaune. Aucun juif n'a été déporté, ni tué dans le Royaume. Il a toujours veillé à ce qu'on ne touche pas à nos droits. Hassan II a promis à son père sur son lit de mort de faire la même chose. Et il est conscient de tout ce que les juifs apportent au Maroc. Avec l'aide de Dieu, il ne fera rien contre nous.

Mon père a des doutes.

- Depuis que le Maroc fait partie de la Ligue arabe, ce n'est plus la même chose. Le gouvernement interdit toutes relations postales et téléphoniques avec Israël ! Si on prononce « Israël » un peu trop fort, on peut être accusé de sionisme. Si les autres pays arabes demandent au Maroc de s'unir contre Israël, le Roi pourrait céder à la pression. Et tous les juifs du Maroc devront en subir les conséquences.

Ma mère interrompt :

- Mangez le poisson et les pois chiches pendant que c'est chaud !

Mon père continue :

- Pour le parti de l'Istiqlal, tous ceux qui ne

suivent pas l'islam sont des étrangers ! Tu as entendu parler du boycott quand même ?

- Tu ne devrais pas lire ces torchons ! Qu'est-ce qu'ils racontent comme bêtises ! Mais tant qu'il n'y a pas de lois, nous ne devrions pas nous inquiéter. Et Hakadoch barouhou* nous protège.

Je ne connais pas le mot boycott. Mais il ressemble au mot cowboy, comme dans les westerns. Des cowboys au Maroc ! Ce serait génial !

C'est alors que ma sœur Simone s'énerve et coupe la discussion :

- Mais vous ne pensez vraiment qu'à vous ! Vous avez pensé aux juifs d'Israël ? Ces familles et ces enfants qui vivent dans la peur de se faire attaquer par les pays autour ! Ici au moins, nous vivons en paix ! Il n'y a pas de guerre !

- Simone ! fait ma mère. Nous ne t'avons pas demandé ton avis !

- Ben justement, je ne vais pas attendre que vous me le demandiez !

- El lsan ma fih a'dam ou li touah ma inedem * ! (* La langue n'a pas d'os et qui la plie ne le regrette pas !) dit ma mère en y ajoutant un regard noir.

Elle n'est pas fan de ce qu'elle appelle « les spectacles de ma sœur pour se rendre intéressante», surtout devant des invités. Le Rabin intervient pour apaiser la discussion :

- S'il y avait plus de juifs qui priaient et qui honoraient le Chabat, il y aurait beaucoup moins de malheurs sur cette terre.

Ma sœur Simone lève les yeux au ciel mais heureusement ni mes parents, ni le Rabin ne s'en aperçoivent.

Ma mère demande à Simone de venir l'aider à la cuisine. Ma sœur la suit en soupirant. Elles reviennent quelques minutes plus tard avec l'agneau et sa sauce. Elle l'a calmée. Simone n'ouvre pas la bouche jusqu'à la fin du repas. Ma mère réussit à réorienter la discussion sur le nombre d'heures que cet agneau a cuit.

En partant, le cousin Rabin remercie mes parents pour ce bon repas. Pour qu'Odette aille mieux, il recommande à mon père de prier tous les jours, de respecter le Chabat et de faire attention au mauvais œil. Il promet à mon père qu'il dira des bénédictions pour qu'elle se rétablisse vite.

Le soir, quand je suis dans mon lit, je me mets sous la couverture, je serre mes deux mains de toutes mes forces et je fais une prière à Dieu. Je lui fais une longue liste de tout ce que je vais faire et de tout ce que je ne vais plus faire si ma sœur Odette guérit. C'est la première fois que je lui parle en direct, en français. D'habitude je récite des prières en hébreu que j'ai apprises au Talmud Torah. Mais je ne sais même pas ce qu'elles veulent dire. Je me demande s'il faut que je le vouvoie ou si je peux le tutoyer. Ma mère me dit souvent que c'est une marque de respect de dire vous aux personnes plus âgées. Comme il est sur terre depuis le début, j'ai donc choisi de lui dire vous. Et quand je termine de lui parler, je me mets à pleurer. Je ne me suis pas retenu car je me suis dit que ça lui montrerait à quel point j'aime ma sœur.

8

A Safi, on a les meilleures sardines du Maroc, et du monde même. C'est Papi Prosper qui me l'a dit. Au port, il y a plein de bateaux de pêche qui vont et qui viennent. Quand on va à la plage du Club nautique, on voit souvent des grands camions remplis de milliers de sardines. Qu'est-ce que ça pue ! Il m'a expliqué que toutes ces sardines sont envoyées un peu partout dans le Maroc pour ceux qui aiment ça. Nous on n'en mange pas souvent. Heureusement, parce qu'il y a beaucoup d'arrêtes et je déteste faire le tri dans mon assiette.

Aujourd'hui, il fait très chaud et ça pue dans toute la ville. Ça sent le poisson pourri et le guano : la farine de sardines qu'on utilise pour nourrir les animaux. Il y a une usine qui en fabrique à la sortie de la ville et avec la chaleur, ça fait des odeurs horribles qui se sentent à des kilomètres.

C'est une infection ! comme dirait ma mère. Pour une fois, j'aurais aimé avoir un rhume pour avoir le nez bouché. Je vais à la cuisine et je mets ma tête dans les bocaux d'épices. L'odeur de la cannelle et du cumin couvre un peu celle du guano, mais ça pue encore. La porte sonne. Ça doit être Brahim. Comme, c'est les vacances scolaires de Pâques, on se voit quand il a fini les livraisons de poterie pour son père.

Je ne sais pas pourquoi, mais je suis énervé contre lui. Mon père est souvent énervé contre les arabes en ce moment à cause de l'actualité et je me demande si ce n'est pas à cause d'eux que ma sœur est tombée malade. Je ne sais pas comment exactement, mais je commence à avoir des doutes.

- Tu viens jouer dehors ?
- Non, ça pue trop.
- Bon alors dedans ?
- Non, il fait trop chaud.
- Mais alors où ? Viens dehors, on s'habitue.

J'accepte finalement de sortir. Il insiste pour faire une partie d'osselets. Mais ça ne me dit rien.

- Rien qu'une partie !

Je regarde l'œil de Brahim et je me demande à quoi on reconnaît un mauvais œil.

- Je n'ai pas envie.

- Juste une !

- Ma sœur est malade et toi tu ne penses qu'à

jouer ! Je m'énerve, mais Brahim ne fait pas attention à ma mauvaise humeur.

- Alors, on va dans le champ derrière ta maison ?

Je finis par accepter.

- Ta sœur est sortie de sa chambre ?

- Non.

Je le regarde du coin de l'œil pendant qu'on marche. J'en suis sûr maintenant, il y est pour quelque chose dans la maladie d'Odette.

- I*nch allah**, elle va aller mieux ! me dit-il.

Je me tourne vers lui, avec un air méchant et menaçant :

- Y'a intérêt qu'elle aille mieux !

Mais à ce moment-là, Brahim sans doute surpris par ma menace, butte sur une racine d'arbre et s'étale par terre, se rappant le menton et le genou. Il se relève rapidement en masquant sa douleur. Mais en voyant ses yeux retenir ses larmes derrière ses longs cils, je réalise que c'est stupide. Brahim est incapable d'avoir voulu du mal à ma sœur ou à n'importe qui d'ailleurs. Il a bon cœur et c'est mon copain.

Je l'aide à nettoyer sa gandoura qui est pleine de poussière.

- Tu t'es fait mal ?

- Non.

Il ment. Son visage est tout éraflé.

- Je vais faire une prière à Allah pour ta sœur, me dit-il en se forçant à sourire.

Je m'en veux un peu d'avoir cru qu'il était

coupable.

- Merci Brahim.

Lorsque je rentre chez moi, ma mère est à la cuisine avec Aïcha et ma sœur Jacqueline. Aïcha fait griller des poivrons. Ma mère et ma sœur épluchent des légumes. Elles ont une tête qui fait peur.

Jacqueline va rester jusqu'à la *Mimouna**. Son mari est reparti à Casa après les deux soirs de *Seder** car il avait du travail. Elles sont très complices toutes les deux. Ma mère lui confie beaucoup de choses. Je demande si le docteur Benmimouni est passé et ce qu'il a dit. Ma mère ne trouve pas le courage de me répondre et c'est ma sœur qui s'y colle. Elle me parle comme s'il me manquait la moitié du cerveau. Elle a oublié que j'avais bientôt neuf ans.

- Le docteur a dit que les méchants microbes d'Odette sont encore là mais ils vont bientôt partir.

Ma mère et elle s'échangent un regard. Ça m'agace. Je pars dans ma chambre. C'est tellement injuste qu'Odette soit malade. Je reste un bon moment allongé sur mon lit. Malgré mon statut de roi de la famille, ça fait plus de quinze jours que je n'ai pas le droit de m'approcher d'elle. Elle est contagieuse et seuls le médecin, mes parents et Aïcha ont le droit d'entrer dans sa chambre. Mes grandes sœurs ont le droit d'avoir des informations mais moi, je suis trop petit pour tout. Personne ne répond vraiment à mes questions pour ne pas m'inquiéter. Le médecin ressort à chaque fois de sa chambre avec la même tête triste. Je décide d'aller devant sa porte sur la pointe des pieds. Je sais que je n'ai pas le droit de rentrer.

Je tape doucement et je l'appelle :

- Odette ! Odette ! Tu dors ?

Elle ne me répond pas. Je tape un peu plus fort à la porte et j'augmente le son de ma voix.

- Odette ! Odette !

J'ai fait trop de bruit. Anna m'a entendu et elle est allée le rapporter à ma mère.

- Tu laisses ta soeur tranquille Jacob ! Elle crie depuis le bas des escaliers. Elle a besoin de se reposer ! Que je ne te voie pas t'approcher d'elle !

J'attends un bruit d'Odette mais il ne se passe rien. Elle doit dormir. Je retourne sur mon lit.

Quelques minutes plus tard, Jacqueline entre dans ma chambre.

- Tu veux qu'on aille à la plage ?

Je sais que c'est ma mère qui l'envoie.

- Non, je n'ai pas envie.

- Il fait tellement chaud aujourd'hui. Ça pourrait être amusant !

- Je dois faire mes devoirs.

Ce sont les vacances, mais c'est la seule excuse qui me vient à l'esprit et je la regrette immédiatement. Jacqueline rêve de devenir institutrice. Elle fait des remplacements à Casa et espère avoir un poste de titulaire à la rentrée.

- Je vais t'aider alors ! Montre-moi ton cahier !

Ça va être drôle, moi je suis la maîtresse et toi tu es l'élève.

C'est un cauchemar. Je réfléchis à toutes les excuses que j'aurais pu lui donner à la place de celle-ci : j'ai mal à la tête, j'ai envie de vomir, ça me gratte partout…

Elle attrape mon cartable et l'ouvre :

- Ne t'inquiète pas mon Jacob. Odette est une fée et il ne peut rien arriver aux fées.

Mais elle me prend vraiment pour un débile !

- J'ai envie d'aller aux toilettes !

Je fuis loin d'elle sans me retourner. Je m'enferme. J'y resterai jusqu'au dîner s'il le faut. Depuis les cabinets, je me fais une promesse. Si plus tard j'ai des enfants, je leur expliquerai tout, tout le temps, même si c'est très grave, même s'ils ne sont encore que des bébés.

9

Odette passe ses journées à dormir. Elle ne mange presque rien du plateau que lui apporte Aïcha. Elle est très faible. J'ai encore essayé de lui parler à travers la porte. Je sais qu'elle m'entend bien mais moi, je l'entends à peine. Je ne comprends pas ce qu'elle dit. Je lui raconte mes journées pour lui faire passer le temps. Je lui raconte comment étaient coiffées les personnes que j'ai croisées. Parfois j'invente parce que je ne regarde pas toujours les cheveux des gens. Mais bon, ça me fait des choses à lui dire.

C'est la première fois que je m'ennuie autant pendant les vacances. Ma mère n'a pas envie d'aller à la plage. Mon père n'a pas la tête à nous emmener voir un film au Roxy. Brahim travaille. Et je n'ai pas très envie de jouer. Les journées sont longues.

C'est la *Mimouna*. D'habitude, mes sœurs et

moi, on est contents que Pessah soit fini. On peut enfin manger ce qu'on n'a pas pu manger pendant une semaine : du bon pain, des beignets et surtout des *mofletas** ! La tradition veut que nous passions la soirée à aller de maison en maison goûter une sucrerie et dire « *talbah** » pour que tout le monde soit heureux et en bonne santé. Tous les ans, on essaie de battre le record de l'année passée. L'année dernière, on avait visité sept maisons. Sami mon copain et sa famille huit ! Armand, mon cousin, neuf ! Ma mère invite Myriam la voisine et son mari à passer chez nous même s'ils ne sont pas juifs. Ma mère dit souvent que toutes les raisons sont bonnes pour se réunir dans la joie. Pas cette année. Je ne vais pas battre mon record de maisons visitées. Ma mère a dit à mon père qu'elle n'avait pas le courage de recevoir ni d'aller de maison en maison. Elle a fait prévenir les voisins de ne pas passer chez nous. Myriam est quand même venue avec un plateau rempli de gâteaux pour que ça porte bonheur. Mon père, mes sœurs et moi, on n'a fait qu'une seule maison : celle de ma tante et on est rentrés. J'ai rapporté une *mofleta* à ma mère et je lui ai dit « *talbah** maman ». Elle m'a embrassé et m'a serré fort dans ses bras. Cette *Mimouna** est vraiment triste.

***

On a repris l'école. Monsieur Tobelem avait deux journaux à lire, donc il nous a donnés un contrôle surprise de conjugaison. Et comme d'habitude, c'est très difficile de se concentrer pour avoir une bonne note car il commente ce qu'il lit à voix haute. Il n'est pas marié et il doit être habitué à se parler à lui-même.

« Des milices sionistes infiltrant la bande de gaza ont été mises en échec par les forces arabes »

- Mais c'est faux ! C'est évident que c'est faux ! s'exclame-t-il.

« Interdiction pour Israël d'emprunter le détroit de Tirane »

- Quand vont ils s'arrêter ?

Il plie brusquement son journal et annonce qu'il ramasse les copies. Il est en colère. Il envoie ma sœur Anna au tableau. Elle qui sait toujours tout, ne se souvient plus de sa table de neuf. Il s'empresse de mettre un mot dans son cahier. Pour « madame parfaite » qui n'a que des bonnes notes, c'est une catastrophe. Pour une fois que c'est elle et pas moi ! Un peu pour l'aider mais surtout pour profiter de la situation, je lui propose d'imiter la signature des parents. En échange, elle devra me rendre quelques petits services quand je le déciderai. Elle hésite.

- Avec Odette qui est malade, les parents n'ont pas besoin de se rajouter des soucis avec ta punition. Fais-moi confiance, ils ne le sauront jamais !

Elle accepte. Je ne sais pas encore ce que je vais lui demander mais je vais vite trouver quelque chose.

Brahim m'attend devant ma maison. On s'installe sur les marches d'escalier devant chez moi. Il me raconte que Aïcha a dit à sa cousine qui est une très bonne amie de sa mère que Odette avait la Roberculose.

- C'est quoi la Roberculose ? J'ai demandé.

Mais Brahim n'en sait pas plus que moi. Alors j'imagine :

- Ça doit être une maladie qui a dû être découverte par un Robert. Il lui a donné son nom.

- Donner son nom à une maladie ? Crrrrh !

- Je ne sais pas moi, ce Robert a peut-être aussi donné son nom au médicament qui guérit la maladie.

- Moi aussi si je découvre un truc un jour, je lui donnerai mon nom.

Brahim voit que je n'ai toujours pas le moral.

- Je vais encore demander à Allah de guérir Odette. Je n'ai pas fait de grosses bêtises cette semaine. Il devrait m'écouter.

- Merci Brahim.

Aujourd'hui, on ne joue ni à Zorro, ni aux osselets, ni aux explorateurs. On est assis et on lance des petits cailloux pour qu'ils passent à travers la grille de l'entrée.

- Qu'est-ce que tu veux devenir quand tu seras plus grand ? Je lui demande.

- Quel niveau de grand ? Ma mère dit que je grandis tous les jours.

- Grand, comme un adulte, dans très

longtemps !

Brahim réfléchit. Il ne veut pas me répondre n'importe quoi. Il jette un caillou, puis un deuxième. Je m'impatiente.

- Alors ? Tu veux faire quoi ?

- T'as qu'à le dire en premier, toi !

- Je voudrais être le Messie !

Ça date d'hier. J'ai bien compris qu'un juif ne pouvait pas devenir musulman alors, j'ai choisi de devenir un super juif.

- C'est quoi exactement un Messie ?

- C'est une sorte de Jésus mais pour les juifs.

- Mais Jésus il a des pouvoirs magiques, non ?

- J'en sais rien, je ne suis jamais allé à l'église. Mais le Messie dont je te parle, il n'en a pas. C'est quelqu'un qui va permettre de faire que les gens fâchés ne soient plus fâchés, de faire la paix dans le monde et de sauver Israël.

- Mais comment tu vas faire pour devenir le Messie ?

- Ben, je ne sais pas encore, je ne suis pas encore grand.

- Et tu pourras guérir les gens malades ?

- Oui, car je serai en liaison directe avec Dieu. On fera tout ensemble.

L'idée a germé dans ma tête après le cours de *Talmud Thora* d'hier. Mon père était en retard pour venir me chercher et j'en ai profité pour discuter avec le Rabin Moshé après la classe.

Le Rabin Moshé est plus vieux que mes parents mais moins vieux que papi Prosper. Il a des petites lunettes, des grands yeux et une longue barbe et des papillotes. Il est très intelligent. Il sait vraiment beaucoup de choses. Je ne comprends pas tout ce qu'il raconte car il place des passages de la Torah en hébreu au milieu d'une phrase et je ne parle pas hébreu.

Je lui pose des questions et il adore ça. Il dit qu'un juif qui pose des questions est un bon juif. Alors je ne me prive pas. Lui au moins, il répond contrairement à ma famille qui dit toujours que je suis trop petit pour comprendre. Rabin Moshé répète souvent que Dieu est tout puissant.

- Vraiment c'est le plus puissant du monde ?

- De l'univers même, me répond-il en souriant.

- S'il veut faire apparaître des milliers de bonbons il peut ?

- Eh ! eh ! eh ! sourit-il, c'est à lui de voir !

- Mais s'il sait tout faire, il sait parler toutes les langues : l'arabe, le français, et l'hébreu ?

- Oui ! A la tour de Babel, l'Eternel a séparé les peuples des nations en rendant à chacun leur langue incompréhensible de leur voisin.

- Alors pourquoi on prie en hébreu ? S'il est tout puissant, il comprend toutes les langues !

- Parce que c'est la langue originelle dans laquelle les textes ont été écrits. Jacob, tu es très intelligent. Je suis certain que tu feras de grandes choses quand tu seras grand.

- Est-ce que je pourrai être le Messie ?

Il s'est mis à rire.

- On ne m'a jamais posé cette question !

- Vous avez dit que le premier Messie c'était David et qu'on attendait le deuxième. Vous avez aussi dit que ce ne sera pas un magicien. Et on ne saura pas tout de suite que c'est le Messie.

- C'est bien, je suis content de constater que tu écoutes ce que je raconte ! Le *Machia'h** viendra bientôt instaurer la paix dans le monde.

- Oui, j'ai bien envie de faire la paix dans le monde.

- Mais ce n'est pas si facile mon petit Jacob. Le Messie sera quelqu'un de très spécial. Un grand sage ! Il protégera Israël qui en a bien besoin en ce moment avec la Ligue arabe. Il fera en sorte qu'il n'y ait plus de morts inutiles dans les combats et que tous les peuples s'entendent et s'unissent.

Le Rabin Moshé ne m'a pas dit que c'était impossible de devenir le Messie. Je garde cette idée dans un coin de ma tête.

Brahim lance un nouveau caillou.

- Moi j'aimerais être un réparateur. Le plus grand réparateur de Safi.

- Réparateur de quoi ? De poterie ? Ton père les fabrique, ton frère les transporte et toi tu les répares si elles se cassent ? Pas bête ton idée !

- Pas seulement ! Je veux être un très grand réparateur de toutes les choses cassées ! Tout !

Je regarde sa chaussure droite. La semelle est décollée.

- Même des chaussures ?

Brahim a les yeux qui brillent derrière ses

grands cils. Si je suis le Messie, j'aurai certainement besoin d'un réparateur à mes côtés. Il m'explique :

- Tu viendras chez moi, avec un osselet cassé par exemple et je te dirai « bonjour monsieur le client, oui, pas de problème, je peux te réparer ton osselet ! » et *rac* ! Je te donne ton osselet réparé et comme tu es mon copain, je ne te demande rien ! Pas un dirham. Mon père il dit toujours : pas de ça avec les amis !

- Brahim, tu es trop sympa !

- Et on pourra même me demander de réparer des maisons !

A ce moment-là, il jette un caillou un peu trop fort. La petite pierre passe la grille et atterrit bruyamment sur une voiture garée dans la rue. Heureusement que ce n'est pas celle de mon père. On s'approche et on aperçoit une trace sur la carrosserie noire. On court chez moi au cas où quelqu'un nous aurait vus.

Une fois qu'on est à l'abri dans ma chambre, on reprend notre souffle et on éclate de rire.

10

Je ne supporte plus cette situation. J'en ai marre. Ils n'ont pas le droit de m'interdire de voir Odette. C'est ma sœur ! Mais comme d'habitude, c'est eux qui décident de tout.

C'est dimanche. Mes parents doivent aller présenter des condoléances aux Beloubian et leur apporter à manger pour la semaine de deuil. Ma mère a préparé un grand plat de *pastella** et un plat de boulettes au cumin. Pendant une semaine, les Beloubian restent entre frères et sœurs sans rien faire, à part prier, manger et penser à leur père qui est mort. Il était très vieux, bien plus vieux que papi Prosper. Il s'est endormi un soir et il ne s'est pas réveillé. La fin de sa journée, c'était aussi la fin de sa vie. Juste avant que mes parents ne partent, je pose des questions à mon père :

- Mais quand il s'est couché, il savait qu'il allait dormir pour toujours ?

- Non, on ne peut jamais savoir.

- Mais il avait mal quelque part ?

- Non, il était juste très vieux. Au bout d'un moment, le corps c'est comme une voiture. Quand, elle est trop usée, elle ne marche plus.

- Mais toi quand elle était trop usée ta voiture, tu l'as vendue à un monsieur avec une moustache. Et tu en as racheté une neuve.

- Oublie les voitures ! C'est normal de mourir quand on est vieux. Et les morts, on les enterre au cimetière juif. Comme ça, on peut continuer à aller les voir, même s'ils ne sont plus là. On prie pour leur âme.

J'ai pensé à papi Prosper. Je n'ai pas envie qu'il meure. Et même s'il est vieux et usé, et qu'il ne marche pas vite, je n'ai pas envie qu'on le mette au cimetière juif. J'ai demandé :

- Comment on fait pour ne pas devenir vieux alors ?

Mon père sourit.

- Demande à ta mère ! Regarde comme elle est encore jeune et belle !

Ma mère se remet du rouge à lèvres devant le miroir de l'entrée.

- Mange des légumes et du poisson sans faire d'histoire et tout ira bien Jacob ! On revient dans une heure. Tu ne fais pas de bêtise et tu écoutes tes sœurs.

J'aurais pu deviner la réponse de ma mère. Tout est lié à ce qu'on mange ! Ça me rassure pour papi. Il finit toujours son assiette et parfois, même il se ressert.

Anna est dans sa chambre. Simone écoute la radio. J'ai attendu qu'Aïcha sorte pour laver les fenêtres et je me suis glissé dans la chambre d'Odette sur la pointe des pieds. Elle dort profondément. Elle est très mal coiffée et elle a vraiment une sale tête. Aussi blanche qu'un poulet cru. Ça fait un mois que je ne l'ai pas vue. Je n'ose pas la toucher. Elle me manque. Je ne veux pas la réveiller. Je lui prends tout doucement la main et je lui chuchote avec des larmes dans les yeux qui ne sont pas loin de sortir :

- Je ne veux pas que tu meures, Odette, je ne veux pas que tu meures !

Je reste un long moment à la regarder dormir. Puis, je sors sans un bruit, avant que quelqu'un me voie.

Le lundi matin, après l'école, je raconte à Brahim, tout excité :

- J'ai serré sa main et je lui ai répété : je ne veux pas que tu meures, je ne veux pas que tu meures ! Et quelques heures après, elle s'est levée ! Elle n'avait plus de fièvre et elle se sentait mieux !

- Ben c'est normal ! Tu l'as réveillée en parlant fort.

- Mais non, c'était pas tout de suite ! C'était un peu plus tard ! Ma mère nous a annoncé qu'Odette allait guérir ! Elle a retrouvé de la force. Tu ne trouves pas ça incroyable ?

J'ai du mal à retenir mon enthousiasme.

- Oui ! Je suis content pour ta sœur.

- Mais tu te rends compte qu'elle va mieux juste après que je sois rentré dans sa chambre ?

Brahim fait exprès de ne pas comprendre. J'insiste.

- J'ai répété « Je ne veux pas que tu meures ! » et ça a marché ! Elle ne va pas mourir ! Et elle va mieux !

- C'est peut-être Allah qui l'a sauvée ta sœur !

- Ça m'étonnerait ! Je m'énerve. Tu as une preuve ?

- Tsss !

Il fait demi-tour et s'en va. Moi, je suis persuadé que j'y suis pour quelque chose dans la guérison de ma sœur.

Je passe la voir dans sa chambre. Je n'ai pas le droit de l'embrasser mais j'ai enfin le droit de lui parler. Elle est dans son lit et elle lit un magazine.

- Mon Jacob ! Qu'est-ce que tu m'as manqué !

- Toi aussi, tu m'as manquée. J'ai essayé de te parler à travers la porte.

- Tu aurais dû m'écrire des cartes postales ! Comme les gens qui partent en vacances !

- C'était quoi ta maladie ? Ils ne m'ont rien dit comme d'habitude.

- La tuberculose. C'est une maladie des poumons qui fait beaucoup tousser.

- La tuberculose ? Je croyais que c'était la Roberculose.

- La Roberculose ?

Elle sourit et sa figure s'illumine comme un

soleil.

- Ils ne voulaient pas que je rentre dans ta chambre.

- C'est normal. C'est contagieux. Surtout pour les enfants.

- Ça veut dire quoi ?

- Ça veut dire que tu pouvais tomber malade toi aussi. Tu imagines l'état des parents avec deux enfants au lit ?

- Tu vas manger avec nous pour Chabat ? Tu pourras t'asseoir à côté de moi ?

- Oui, mon Jacob.

- Au fait, il faut que je te dise quelque chose. Quand tu étais malade, tu étais super mal coiffée !

Elle sourit à nouveau. Et moi aussi.

A la maison, il y a une ambiance de fête après la visite du docteur Benmimouni. Ma sœur va mieux. Elle tousse beaucoup moins qu'au début. Elle a eu de la chance car certains malades peuvent rester au lit pendant un an ! Elle va devoir se reposer encore un peu. Elle ne retournera pas à l'internat cette année. Comme c'est une bonne élève, ma mère va négocier avec le collège pour qu'elle ne redouble pas.

Myriam la voisine est passée à la maison et quand elle a su que Odette était en train de guérir, elle s'est mise à pleurer de joie et elle a fait des youyous. Elle est allée chercher un plat de *fazuelos** qu'elle venait de frire.

- Que votre vie à tous soit douce comme le miel !

Ça fait du bien de voir mes parents à nouveau joyeux.

Mai 1967

11

Monsieur Tobelem s'est montré doux comme un *macroud** quand il a croisé mes parents à la synagogue pour *Chavouot**. Il a demandé des nouvelles d'Odette. Il leur a aussi dit que Anna et moi, nous étions très intelligents. Ma mère est tombée dans le panneau. Elle nous a dit qu'on avait de la chance d'avoir un professeur si attentionné. Anna et moi, on s'est regardés et on a levé les yeux au ciel.

Je ne sais pas si c'est pour faire plaisir à ma mère, mais je fais partie des élèves à qui il a décidé de remplir la tête de force s'il le faut. Il déteste les élèves qui n'écoutent pas. Aujourd'hui, il a jeté sa craie dans ma direction. Elle a atterri sur mon front et j'ai eu super mal.

- En espérant que ce soit enfin la bosse des maths ! m'a t'il dit, fier de son tir. Venez donc au tableau avec votre livre de lecture.

Sauf qu'aujourd'hui, j'ai oublié mon livre de lecture. Et à ce moment-là, mon futur m'apparaît clairement devant les yeux : je vais d'abord recevoir une punition de monsieur Tobelem. Ça va faire mal ! Puis ensuite ma mère va le savoir parce qu'il va me donner un mot à faire signer, elle va en parler à mon père et je vais avoir droit à une autre punition. En fonction de l'humeur de mon père, ce sera soit un long discours, soit une claque, soit un coup de ceinture. Et c'est aussi à ce moment précis, que je souhaite très fort en regardant monsieur Tobelem dans les yeux qu'il tombe gravement malade.

Vous aurez du mal à le croire, mais la première partie s'est déroulée exactement comme ça. Monsieur Tobelem m'a pris par l'oreille en me traitant de chameau. Puis, il a sorti sa règle et m'a demandé de présenter mes mains. Il m'a donné cinq coups. J'ai tout fait pour ne pas pleurer. Il m'a ensuite demandé d'écrire trente fois : « je ne dois pas oublier mon livre de lecture » pour le lendemain avec un mot à faire signer par mes parents. Sur le chemin du retour, j'ai demandé à ma sœur Anna qu'elle imite la signature de mes parents, comme je l'avais fait pour elle.

- Et pourquoi je ferais ça ?

- Je l'ai fait pour toi la dernière fois, et ça a marché, tu ne t'es même pas fait punir. Si tu ne fais pas ce que je te dis, je dirai que tu m'as demandé d'imiter la signature des parents.

- Et tu te feras punir aussi ! Car c'est toi qui as

imité la signature des parents sur mon cahier.

Elle n'a pas tort. Je risque de prendre même plus.

- Je t'ai évité une punition ! Tu pourrais être un peu sympa avec moi.

Elle met un temps mais elle finit par me donner son prix.

- D'accord, mais alors tu seras mon serviteur pendant une semaine, et tu me donneras tes bonbons.

Je me suis fait avoir encore une fois. Quand je pense que je ne lui ai rien demandé, moi ! Je suis obligé d'accepter. Je porte son cartable jusqu'à la maison et puis, je sors mon paquet de bonbons de ma réserve secrète – sous mon matelas et je lui donne ses préférés : les nounours de toutes les couleurs. Je suis déjà très énervé. Mais ce n'est pas fini ! Je dois aller lui chercher de l'eau à la cuisine et prendre un petit pain chaud juste avant le repas sans que ma mère et Aïcha ne s'en aperçoivent. Elle me demande ensuite de lui faire de l'air avec un éventail car elle a chaud. Odette nous surprend alors que j'agite l'éventail.

- Ça sent le chantage à plein nez ! Qu'est-ce que tu as fait Jacob ?

Je ne réponds pas. Mais je lui fais un regard de petit chat tout mignon pour qu'elle ait pitié.

- Je crois que tu peux le laisser tranquille, Anna.

- Non, j'ai encore chaud.

- Si ! insiste Odette. Je crois que tu peux le

laisser tranquille !

Elles s'échangent un regard. Et je comprends que Odette fait aussi du chantage à Anna. Entre nous, c'est une habitude.

- Bon très bien. Je n'ai plus chaud de toutes les manières.

Je remercie Odette. Elle m'a sauvé. Enfin, c'est ce que je crois. Mais, juste avant de passer à table, Anna rapporte à ma mère ce qui s'est passé à l'école. Ma mère hurle mon nom dans toute la maison. Je la dénonce à mon tour et j'espère qu'Odette va faire de même. Ma mère nous gronde tous les deux. Mais, elle ne parle que de mon cas à mon père quand il rentre. Depuis janvier c'est la huitième fois que j'ai une punition. Mon père a eu une dure journée. Il a l'air fatigué. Après le diner, ça va être ma fête.

Je n'ai pas faim mais si je ne mange pas, ce sera pire. Alors, pour une fois, je me force. Je n'aime pas les choux. Je bloque ma respiration et j'avale comme je peux. Le repas se termine. Mes sœurs aident Aïcha à débarrasser et je me retrouve seul avec mon père.

J'ai le droit à un sermon et à des menaces. J'aurais pu avoir un petit coup de ceinture si ma mère n'avait pas crié depuis la cuisine :

- Max ! Max ! Viens vite écouter la radio !

Ma mère monte le son. Ce sont les informations en français de la radio arabe. Une voix d'homme explique que l'Egypte s'est alliée avec la Jordanie.

- C'est une catastrophe ! s'inquiète mon père.

Le présentateur poursuit en expliquant que la Palestine sera bientôt libre et qu'ils pourront revenir sur leur territoire.

- Je vais chez papa, fait mon père avec son visage angoissé.

L'oubli de mon livre de lecture ne semble plus du tout un problème. Je sais pourquoi mon père va chez papi Prosper. Il est presque vingt heure et c'est l'heure à laquelle ils écoutent la radio israélienne en français. Papi habite juste à côté, pourtant ma mère lui dit :

- Fais attention !

J'ai bien compris qu'on n'avait pas le droit d'écouter cette radio. J'ai posé la question à Odette et elle m'a répondu en chuchotant pour que personne n'entende que si la police l'apprenait, tous ceux qui ont écouté cette radio iraient en prison.

Lorsque mon père revient un peu plus tard, je sors de mon lit et je me mets en haut des escaliers pour écouter.

- L'Égypte a bloqué l'accès au détroit de Tiran pour les navires israéliens. Mais Israël a besoin du port d'Eilat pour s'approvisionner en pétrole. Il va y'avoir une riposte, c'est sûr.

- Et si la situation dégénère ? demande ma mère inquiète. Qu'est-ce qu'on va faire ?

- Je ne sais pas... Il y a de plus en plus de tensions là-bas. Il pourrait bien y avoir la guerre.

- J'espère qu'on n'en arrivera pas là.

- Les Cohen envisagent de partir.

Mes parents s'arrêtent alors de parler. Je me demande pourquoi. Je ne vois pas leur visage mais j'imagine leur air inquiet. Ils réfléchissent ? Que se passe-t'il à ce moment précis dans leur tête ? Je retiens ma respiration. Je sens que cela nous concerne mais je n'arrive pas à faire le lien. Mon père finit par dire :

- Allons-nous coucher.

Je repars dans ma chambre, seulement à moitié soulagé.

Le lendemain, j'ouvre les yeux et je panique. Avec tout ce qui s'est passé hier, j'ai complètement oublié de faire la punition que m'a donnée monsieur Tobelem. Qu'est-ce que je vais prendre ! Mes mains ne se sont même pas remises de la punition de la veille. Je vais voir ma mère et je lui fais croire que je ne me sens pas bien. Mais je n'avais pas envie d'aller au *Talmud Thora* la semaine dernière et j'ai déjà utilisé l'excuse du mal de ventre. Elle prend ma température. Je n'en ai pas. Mais alors que j'ai réussi à semer le doute dans son esprit, ma sœur Anna intervient :

- Mais tu ne vois pas qu'il n'a rien maman ! Il veut juste rater l'école après sa punition d'hier !

- Non c'est pas vrai !

Qu'est-ce que j'aimerais vomir là tout de suite sur ses pieds pour lui montrer qu'elle a tort !

- Tu vas aller à l'école et si tu ne te sens pas bien, je viendrai te chercher.

- Mais maman ! dis-je la voix tremblante.

Mon père qui prend son petit déjeuner répond avec autorité :

- Jacob, tu vas à l'école un point c'est tout.

J'ai finalement réellement mal au ventre à l'idée d'avoir mal aux mains. Pour couronner le tout, nous arrivons encore plus en retard que d'habitude ce matin car la voiture ne démarre pas. Je vais la sentir passer.

Anna et moi, nous courrons jusqu'à l'entrée et nous nous arrêtons net. Ma sœur lit ce qu'il y a écrit sur le tableau noir :

- « Monsieur Tobelem est absent. Pas de remplaçant. »

Je me sens heureux comme si c'était mon anniversaire. Puis, une fois l'effet de la surprise passé, je me souviens que j'ai souhaité hier, en regardant Monsieur Tobelem dans les yeux, qu'il tombe malade. Est-ce à cause de moi qu'il est absent ? Je demande à la surveillante ce qu'il a. Elle me confirme qu'il est très souffrant et qu'il est absent pour une durée indéterminée.

Je n'en reviens pas. D'abord ma sœur qui guérit, ensuite mon professeur qui tombe malade. Suis-je en train de devenir le Messie ou alors, ai-je simplement une sorte de pouvoir ?

Brahim ne me croyait pas capable d'avoir sauvé ma sœur. Mais quand je vais lui raconter ce qui s'est passé avec monsieur Tobelem, il va changer d'avis, c'est sûr.

- Il était en très bonne santé et puis, j'ai pensé

très fort que je voulais qu'il soit gravement malade et le lendemain, paf ! il est malade !

Brahim écarquille les yeux. Il semble effrayé.

- Mon frère m'a dit que vous les juifs, vous vous transformez en cadavres la nuit.

- Mais si on est mort la nuit, on ne peut pas se réveiller le matin.

- Ben si justement ! Vous, les juifs, vous pouvez le faire.

- Et pas vous ?

- Non. Mais ça montre bien que vous avez des pouvoirs.

- Tu as peur ? Je lui demande.

- De toi ? Tssss… le jour où tu me battras aux osselets, peut-être que j'y croirai à ton histoire de pouvoir. Mon frère, il dit beaucoup de bêtises !

On se met alors à jouer. Je pense très fort que je vais gagner mais Brahim remporte toutes les parties. Mon pouvoir, si j'en ai un, ne marche pas pour les osselets.

12

Brahim et moi, nous avons beaucoup de points en commun. La dernière fois, on a passé en revue tout ce qui était pareil chez lui et chez moi. Lui aussi a une très grande famille avec beaucoup d'oncles et tantes. C'est le plus jeune de ses frères. Lui aussi a un frère qui rapporte toutes les bêtises qu'il fait, surtout les choses qu'il casse. Et j'ai bien vu quand je suis allé chez lui que sa mère ne peut pas s'empêcher de l'embrasser. Comme la mienne. Parfois ma mère, j'ai l'impression qu'elle pourrait me manger. Lui c'est pareil. Sa mère s'appelle Haya et elle est vraiment gentille. Elle cuisine aussi très bien et dès qu'elle me voit, elle veut me faire manger. Mais je refuse poliment. Brahim me raconte que lui aussi est obligé de terminer son assiette jusqu'à la dernière miette, même si ce n'est pas un plat qu'il aime. On adore tous les deux jouer aux osselets. J'ai d'autres amis à l'école, David, Roger et Sami mais Brahim, c'est différent. C'est comme quelqu'un de ma famille, même s'il n'est pas juif.

L'année dernière, en septembre, mon père était très angoissé car l'été était vraiment chaud au Maroc. Il rentrait tard tous les soirs et il ne dormait pas. Odette m'avait expliqué que les récoltes avaient séchées et il n'y avait pas assez de céréales à acheter et à vendre. On risquait de manquer d'argent. A chaque repas, je me demandais si ce n'était pas le dernier. Pour le jeûne de *Kippour**, j'ai déjà du mal à me retenir de manger dès que ça commence.

J'en ai parlé à Brahim. Sa famille n'est pas riche. Leur maison est plus petite que la nôtre et ils n'ont pas de bonne. C'est leur mère qui fait tout.

- Je croyais que les juifs avaient beaucoup d'argent, me dit Brahim étonné.

- Qui t'a raconté ça ?

- Je me rappelle plus.

- Ben ça doit être d'autres juifs. Mon père a demandé à ma mère de ne pas trop dépenser d'argent. En allumant les bougies de Chabat, elle a demandé au bon Dieu de faire tomber la pluie.

- Je vais demander à mon cousin de t'apprendre à pêcher des sardines ! m'a-t-il proposé.

- Ouah ! Tu as un cousin qui sait pêcher ?

- Oui, il sent mauvais mais il est très fort en pêche.

- Et si tu as besoin, ta famille et toi, vous pourrez dormir dans la chambre des invités.

Chez Brahim, il y a le salon, la chambre de ses parents, la chambre où il dort avec ses cinq frères, et il y a une pièce vide avec un salon arabe.

- C'est la chambre « au cas où », m'a-t-il expliqué. Au cas où, il y a de la famille qui vient à Safi, au cas où il y a des amis qui passent, au cas où il y a quelqu'un qui en a besoin.

- Mais vous devez être serrés à cinq dans une chambre !

- Non, ça va. Mohamed, il sent fort des pieds mais on s'habitue. Bon, au cas où, ta famille est la bienvenue. Je vais prévenir mon père.

- Merci Brahim. Mais on va rester chez nous, même si on n'a pas d'argent.

Le soleil continue à brûler les champs de céréales. Et Brahim est aussi inquiet que moi. Il me rapporte des oranges car son voisin a un oranger. Puis des gâteaux à la pâte d'amande.

- Ma mère en fait toujours trop.

- Merci Brahim. Pour le moment, on a encore à manger.

Et un jour, alors que le soleil n'en finit plus de taper sur les gens et les champs, il arrive après l'école avec un sac en papier en main.

- C'est quoi ?

- C'est pour toi et ta famille.

Je regarde à l'intérieur et je trouve plein de pièces. C'est de la petite monnaie. Quand il livre les poteries de son père, il récupère quelques dirhams en pourboire. Son père le laisse garder des pièces. C'est tout ce qu'il possède et il est prêt à me le donner pour aider ma famille. Je ne sais pas quoi dire. Ma mère me répète toujours qu'il ne faut pas accepter un cadeau du premier coup. Il faut toujours dire : « il ne fallait pas ! C'est trop de dérangement ! »

Je n'arrive même pas à prononcer un mot. Brahim me regarde avec ses grands cils.

- Je n'en ai pas besoin, insiste-t-il.

Mais ma famille si. Je dois l'accepter, pour eux. Je prends le sac :

- Je te promets de tout te rembourser. Merci.

Brahim sourit. Ça lui fait plaisir. C'est vraiment mon meilleur ami.

A la maison, le soir, je bouge comme une puce en attendant mon père. Dès qu'il ouvre la porte, je me précipite vers lui.

- Assis-toi papa ! J'ai la solution au beau temps qu'il fait ! Assis-toi !

Je ne tiens plus tellement je suis excité. Mon père répète, amusé, ce que je viens de dire.

- Tu as la solution au beau temps qu'il fait ?

Il s'installe sur sa chaise. Je lui remets le sac de Brahim.

- C'est de l'argent pour notre famille… Pour qu'on continue à s'acheter à manger.

Mon père observe le sac et jette un œil à ce qu'il y a dedans. Puis il me fixe. Il se retient mais je sens qu'il a envie de rire.

- Qui t'a dit qu'on allait manquer d'argent pour

manger ?

Il n'attend même pas ma réponse et explose de rire. Comme toujours quand il rit, je me mets à rire même si je ne sais pas vraiment pourquoi.

- C'est très gentil à toi de vouloir nous aider ! Et d'ailleurs, d'où sors-tu ces dirhams ? Tu es plutôt du genre à t'acheter des bonbons ou des glaces dès que tu as un sou.

- C'est à mon copain Brahim. Mais je vais le rembourser avec l'argent de mon anniversaire et de la *crada** que je vais recevoir à *Pourrim**

- Il t'a donné toutes ses économies ?

- Oui pour qu'on puisse manger.

- Ton ami a bon cœur. Tu l'as bien choisi ! Mais tu peux lui rendre ses pièces. Cette année est dure mais nous avons encore assez d'argent pour vivre correctement. Et avec ces dirhams, on ne pourra même pas s'acheter de quoi faire une salade d'aubergine !

Et il repart dans son fou rire. Je n'ai pas sauvé la famille mais j'ai au moins réussi à lui donner le sourire.

Le lendemain, je rassure Brahim et je lui rends son sac. Ce que Brahim était prêt à faire pour ma famille, je ne suis pas prêt de l'oublier.

Aujourd'hui, il fait une chaleur insupportable aussi bien dedans que dehors. Madame Bensoussan est passée prendre le thé avec ma mère. On dirait qu'elle est enceinte sauf qu'elle ne l'est pas. Elle est seulement grosse. Elle a tellement chaud qu'elle est obligée de s'aérer les cuisses en se faisant de l'air avec sa jupe. Brahim est venu à la maison. On transpire tellement qu'on n'a pas le courage de jouer aux billes ou aux osselets. Je lui propose d'aller dans le jardin de mon grand-père.

- Tu vois ces arbres ? Ce sont des pêchers. Ça te dit une pêche bien juteuse ?
- Tu es sûr qu'elles sont mûres ?
- Avec ce soleil, en cinq minutes, elles sont mûres.

Normalement, je n'ai pas le droit de cueillir les fruits tout seul et sans autorisation en plus. Mais papi fait des réussites dans son salon avec la radio allumée. Il ne se rendra pas compte s'il lui manque quelques pêches.

Les pêches les plus mûres se trouvent tout en haut de l'arbre. Je fais la courte échelle à Brahim. Il s'accroche à une branche et réussit à monter. Il tend la main.

- Fais attention quand même !

Il étire encore un peu sa main et réussit à en attraper une. Du haut de l'arbre, il fait un mouvement de danse avec ses épaules :

- C'est qui le plus fort ? *Aiwa* ! Aiwa* !

Il croque dans la pêche à pleine dent. Sauf que la pêche est très acide et en voulant recracher le morceau, il perd l'équilibre. Je vois Brahim tomber devant mes yeux.

Je crie mais cela ne l'empêche pas de tomber. Il est étalé sur le sol. Il ne bouge pas à l'inverse de moi qui deviens fou. Je me jette sur lui.

- A l'aide ! Au secours !

Je lui appuie sur le ventre. La dernière fois qu'un sauveteur a sauvé quelqu'un de la noyade à la plage, c'est ce qu'il a fait. Ça ne marche pas.

- Brahim, je ne veux pas que tu meures ! Je ne veux pas que tu meures ! Au secours !

Je cours chercher ma mère.

- C'est Brahim ! Il est tombé de l'arbre ! Il ne bouge plus !

Ma mère réagit immédiatement. Madame Bensoussan nous suit mais elle a du mal à courir.

- Je t'ai déjà dit cent fois que…

- Je sais maman ! Vite ! Vite !

- Prenez de l'eau ! lance madame Bensoussan.

Je remplis une bouteille et nous traversons la rue jusqu'au jardin de Papi à toute vitesse.

Brahim est toujours étendu sur le sol. Ma mère lui verse un peu d'eau sur le visage et lui donne des petites tapes sur la joue. Je retiens ma respiration.

Il bouge. Il finit par reprendre connaissance.

Madame Bensoussan regarde sa tête. Il a une énorme bosse. Il est encore un peu sonné.

Ma mère est aussi soulagée que moi. Mais elle est en colère.

- Jacob, qu'est-ce qui t'a pris ? Tu es fou ou quoi ? Ça aurait pu être très grave. Tu imagines, un arabe mort dans le jardin de papi ? Tu veux qu'on aille en prison ?

Je ne réponds rien. Imaginer Brahim mort est

impossible.

- En plus, elles ne sont pas encore mûres les pêches !

Elle se calme et demande à Brahim.

- Tu peux marcher ? Viens te reposer un peu et je te déposerai chez toi en voiture.

A la maison, ma mère lui met de la crème sur sa bosse. Elle n'arrête pas de lui demander s'il se sent bien. Puis, elle raccompagne madame Bensoussan jusqu'à la porte, en s'excusant pour cet incident. Brahim et moi, on se retrouve tous les deux seuls sur le canapé du salon arabe.

- Qu'est-ce qui s'est passé ? demande Brahim

- Tu as croqué dans la pêche, tu as fait *aiwa aiwa* et tu es tombé de l'arbre. J'ai appelé au secours ! Et j'ai souhaité très fort que tu ne meures pas. Et tu n'es pas mort ! Tu as seulement une grosse bosse.

Il ne dit rien. Je le vois dans ses yeux, il ne me croit toujours pas. Je ne veux pas me disputer, mais pour moi, c'est sûr. J'ai un pouvoir.

13

C'était la grande fête de Brahim avant-hier. Il m'avait invité mais c'était chez sa tante à Essaouira. Mes parents ne pouvaient pas m'accompagner et ils ont refusé que je rate l'école. J'ai hâte qu'il me raconte. Et surtout qu'il me montre ses cadeaux.

Je l'attends en bas de la Biada après l'école. Ma sœur râle car elle est obligée de rester avec moi. Si elle rentre sans moi, ma mère va la gronder. Hier, j'ai traîné le plus longtemps possible. Mais il n'est pas venu. J'espère qu'il ne va pas tarder. Je l'aperçois au loin. Je cours vers lui.

- Ça va ? Je lui demande

- Oui, oui, me répond-il.

On se met à avancer vers chez moi mais je remarque qu'il marche bizarrement.

- Je ne peux pas aller vite. Je suis un peu fatigué. On a beaucoup fait la fête.

Je préviens ma sœur qu'elle avance toute seule et qu'elle prévienne ma mère que j'arrive avec Brahim. Ça ne lui plaît pas, mais elle en a marre d'attendre.

- Alors, tu me racontes ? Je lui demande. Comment c'était ta fête ?

- On a mangé plein de gâteaux. Tous mes oncles et tantes étaient là. Mes cousins aussi. J'ai eu un super vélo et on m'a coupé le zizi.

- On t'a coupé le zizi ? Comme une circoncision ?

- C'est ça.

Je fais un effort pour ne pas faire de grimace.

- T'as pleuré ?

- Presque pas ! Allez, tu fais une partie d'osselets avec un vrai musulman ?

On s'installe sur les marches devant chez moi. Il s'assoit difficilement et on joue.

- Et il est où ton vélo ?

- Chez moi ! J'ai essayé d'en faire, mais ça fait trop mal ! Mon frère va m'apprendre quand ça ira mieux.

- Waouh ! Un vélo ! T'as trop de la chance.

Le soir à table, je demande à mon père :

- J'ai bien eu ma circoncision quand j'étais petit ?

Ma mère apporte les salades à table et me répond :

- *Cumpara alikoum** ! Huit jours après ta naissance ! Qu'est-ce que j'ai pleuré ! C'était une fête magnifique !

- J'ai eu beaucoup de cadeaux ?
- Plein ! On ne savait plus où les mettre.
- Ils sont où mes cadeaux ?

Anna se moque de moi.

- Tu veux jouer à la poupée avec tes habits de bébé ?

Je me tourne vers ma mère :

- Je n'ai eu que des habits ? Pas de vélo ?
- Non, tu étais trop petit pour un vélo ! Tu as aussi eu des peluches. J'aurais bien aimé que tu en choisisses une comme doudou.

Elle se met à rire. Je sais pourquoi. Jusqu'à l'année dernière, je m'endormais avec un gant de cuisine, ceux qu'on utilise pour faire le ménage. Ma mère en avait ras le bol que je traîne ce vieux morceau de caoutchouc. Elle disait que j'étais trop grand. J'ai pleuré, je l'ai suppliée. Mais elle l'a quand même jeté à la poubelle. Impossible de m'endormir pendant les deux jours qui ont suivis. Je suis allé en piquer un autre à la cuisine sans que personne ne me voie mais il n'avait pas la même odeur. J'ai fini par m'y habituer. Pour ne pas que ma mère le trouve, je le mettais sous mon matelas. Un soir, j'ai sorti le gant de sa cachette. Je ne me suis pas rendu compte tout de suite. Je l'ai mis près de mon visage et au bout de quelques minutes, ma peau a commencé à me piquer très fort. Je me suis mis à pleurer. Odette, Anna et Messodi sont venues voir ce qui se passait et Anna a appelé mes parents.

- Ça me pique ! Ça me pique ! Je criais.

Ma mère est arrivée dans ma chambre avec des serviettes d'eau glacée et de l'huile d'olive.

- Ça va aller mon chéri. Tout va bien ! Tout va bien ! Ça va passer.

Puis elle a vu le gant, à côté de moi.

- Tu as encore pris un gant ! On avait dit que c'était fini ! C'est dégoutant en plus ! Il y a plein de cochonneries dessus ! Il devait y avoir des produits nettoyants dessus, c'est sûrement ce qui t'a brûlé. Promets-moi que tu ne recommenceras plus !

J'ai promis. Je n'ai plus jamais repris de gant.

Quelques temps plus tard, ma mère recevait ses copines pour le thé. Elle adore leur parler de moi. Je descendais les escaliers et je l'ai entendue :

- Jacob ne pouvait pas se passer d'un affreux gant en caoutchouc pour dormir. Il n'y avait rien à faire. On a beau leur expliquer à ces gosses, ils ne veulent rien entendre. Alors, Micheline, à la boulangerie Place du marché, m'a conseillé de frotter du piment dessus. Ça a marché ! Il n'y a plus jamais touché ! Tu devrais essayer !

Ses copines se sont mises à rire.

- *Msquin* !*

J'étais très en colère. Ça n'allait pas se passer comme ça ! J'ai couru dans la chambre d'Odette.

- Tu savais pour mon gant ?

- De quoi tu parles ?

- Maman a frotté du piment dessus !

- Non, je ne savais pas. Mais tu peux lui dire merci. Ça a marché !

- J'ai eu super mal ! J'aurais pu mourir !

- Ne dis pas de bêtise ! Tu n'allais pas continuer à avoir un doudou et à sucer ton pouce jusqu'à tes quarante ans ! Tu vois les dents de Bouchaib, le marchand de beignets ? Celui qui a comme un museau de cheval ? Il paraît qu'il suce encore son pouce. Crois-moi, elle t'a rendu service.

Je suis resté en colère contre ma mère toute la soirée. Je pensais même faire une bêtise exprès. Et puis le lendemain, la colère est passée.

Odette va de mieux en mieux. Elle est encore trop maigre pour ma mère, et elle se fatigue vite. Je vais la voir dans sa chambre tous les matins avant de partir et quand je rentre de l'école. Je lui ai proposé de me coiffer mais elle n'a pas encore assez d'énergie. Alors on discute.

- Quand j'irai à Paris, tu viendras me voir ? Elle me demande.

Ses yeux bleus pétillent.

- Oui bien sûr.

- Paris est une ville magnifique ! On ira voir la Tour Eiffel, les Champs Elysées, Montmartre ! Et les français sont tellement beaux ! C'est là-bas que je me marierai.

D'un coup je réalise que je ne vais plus la voir

et cela me rend triste. Elle le remarque.

- Mais qu'est-ce que tu as ?

- Paris, ce n'est pas Marrakech ! Si tu te maries en France avec un français, je ne te verrai plus les week-ends.

- Oh mais toi aussi tu finiras par venir habiter en France ! Papa et maman n'arrêtent pas de parler de quitter le Maroc si la situation se dégrade.

J'ai l'impression d'avoir croqué dans une figue de barbarie pas épluchée. J'explose !

- Quitter Safi ? Mais non ! C'est impossible ! Je ne veux pas partir !

Je suis affolé par ce qu'elle vient de m'annoncer.

- Calme-toi Jacob ! On ne va pas partir ce soir !

Je me lève, très en colère, et je lui crie dessus.

- On ne va pas partir, ni ce soir, ni jamais ! C'est ici chez nous !

- Pourquoi tu hurles comme ça ? Allez, viens te rassoir.

On change de sujet. Raconte-moi plutôt qui a été puni aujourd'hui à l'école.

J'ai du mal à continuer cette discussion. Ce que Odette vient de me dire, je le savais, mais je ne voulais pas y croire. Je ne veux pas quitter le Maroc. Je ne veux pas aller en France ni nulle part. Je veux rester à Safi, avec mes copains, avec Brahim, mes cousins et toute ma famille. Je ne veux rien changer.

On passe à table. J'ai du mal à avaler quelque

chose. Mais pour ma mère, il n'existe aucune raison au monde pour ne pas manger. Même les animaux mangent ! J'étale dans mon assiette, je réussis à mettre un morceau dans l'assiette d'Anna sans qu'elle ne s'en aperçoive. Et j'attends que ma mère me regarde pour manger les quelques bouchées qu'il me reste. Si je dois en laisser un peu, la négociation sera peut-être plus facile.

Ma sœur Simone a une annonce à faire. Elle demande le silence.

- Tu as enfin trouvé un petit copain ? la taquine Odette.

Papi Prosper rit et il dit en arabe :

- *Tah el kesskass ou ta hala rtab** ? (*Le couscoussier est tombé sur son couvercle ?)

- Qu'est-ce qui se passe ? s'inquiète ma mère.

Apparemment, personne ne semble être au courant.

- J'ai décidé de quitter le Maroc.

- Wouliwouli ! fait ma mère d'une voix très aigue.

Simone est très sérieuse.

- Je vais partir en Israël. Ils ont besoin de nous là-bas, explique-t-elle. Et je peux être utile.

- Parle moins fort quand tu parles d'Israël, chuchote ma mère.

Il fait chaud mais elle va fermer les fenêtres.

- Mais tu es maboule, ma parole s'affole-t-elle ! C'est dangereux ! Avec les pays arabes autour, il peut y avoir la guerre à tout moment.

- Justement, je veux les aider à se défendre.

- Tu sais quand même que c'est interdit d'aller en Israël depuis le Maroc ! Tu te rappelles du naufrage du Pisces ? Quarante et un juifs morts ! Tu m'entends ? Quarante et un morts noyés alors qu'ils partaient en Israël ! C'est ce que tu veux ? C'est ce que tu veux ?

Ma mère commence à s'exciter toute seule et à répéter tout ce qu'elle dit deux fois. Mon père est tout aussi inquiet que ma mère mais plus calme :

- Simone, tu ne peux pas être une jeune fille comme tout le monde ? Les femmes se marient, elles font des enfants mais elles ne font pas la guerre !

- Papa, c'est ta génération ça ! Moi, je ne veux pas rester à la maison à attendre mon mari et à faire à manger toute la journée. J'y ai longuement réfléchi. C'est en Israël que je veux faire ma vie.

- Mais qui t'a mis cette idée dans la tête ? s'énerve ma mère. Non, c'est impossible ! Nous ne te laisserons jamais partir !

Ma mère ne se sent pas bien. Quand Rebecca est partie faire ses études de pharmacie à Montpellier, ça ne lui a pas fait le même effet. Simone a toujours un avis différent de celui de mes parents et elle réussit à les mettre sens dessus dessous.

Comme s'il réalisait d'un seul coup la signification de ce que venait de dire ma sœur, mon père explose :

- Tu n'iras nulle part Simone ! Tu ne sortiras

pas du Maroc ! Tu m'entends ?

- Mais papa, je…

- J'ai dit non !

Sa dernière phrase était un cri. Puis c'est le silence. Ma sœur quitte la table en pleurant et va dans sa chambre.

- Qui lui a mis une idée pareille dans la tête ? répète ma mère.

Mon père allume une cigarette. Nous reprenons le repas mais je vois bien que mes parents sont secoués.

Simone n'est pas comme mes autres sœurs. Tout ce qu'il ne faut pas faire, elle le fait. A elle seule, elle a fait plus de bêtises que toutes mes sœurs réunies. A l'école, elle collectionnait les punitions car elle répondait aux professeurs. Odette m'a raconté qu'à quatorze ans, elle a pris les clés de la Traction et elle a essayé de conduire alors qu'elle n'avait jamais appris et que c'est interdit par la police. Mes parents l'ont privée de sortie pendant deux mois. L'année dernière, je l'ai surprise en train de fumer une cigarette. Si mes parents l'apprennent, elle va passer un sale quart d'heure. Ce n'est pas moi qui vais la dénoncer. D'abord parce que je ne suis pas un rapporteur. Et puis aussi parce qu'elle me ferait avaler un pot de sauce piquante par le nez. Quand j'étais petit et qu'elle me gardait, elle me racontait des histoires de monstres, de sorcières et de fantômes. J'adorais ça mais après, je n'arrivais plus à fermer l'œil. Elle s'asseyait à côté de mon lit et elle me disait :

- Chut ! Ecoute ! Je crois qu'il y a une sorcière dans la maison !

Je faisais attention à chaque bruit avec le cœur au bord de l'explosion.

- Tu l'entends ?

- Oui, je répondais, mort de peur.

Elle sortait alors un petit flacon. Je ne savais pas lire à cette époque.

- Regarde cette bouteille. Sur l'étiquette, il y a marqué que c'est un produit anti-sorcière. Tu en mets un peu partout autour de toi et tu vas voir, c'est très efficace. Ça marche aussi sur les monstres et les fantômes. On essaie ?

On mettait un peu de liquide aux quatre coins de ma chambre et sous mon oreiller.

- Ecoute ! On n'entend plus rien ! Ça a marché !

- Oui, c'est vrai ! Je lui répondais, rassuré.

Elle laissait le flacon à côté de mon lit et je m'endormais tranquillement. Pour moi, Simone, elle n'a peur de rien ni de personne. C'est la plus courageuse de la famille.

Lorsque je monte me brosser les dents un peu plus tard, Simone est en train de chuchoter avec Odette. Je me mets devant leur porte et j'écoute.

- Je vais partir avec ou sans l'accord de papa et maman.

- Mais tu ne peux pas faire ça, Simone ! Ils ne vont jamais s'en remettre. Laisse-leur du temps.

Tous les juifs parlent de partir en ce moment. Ils finiront par comprendre.

- C'est maintenant qu'Israël a besoin de moi. Les jeunes sont nécessaires à la construction du pays.

- Mais tu ne peux pas les aider d'ici plutôt ?

Quelqu'un monte les escaliers. Elles s'arrêtent net de parler. Je file dans ma chambre. Je me mets sous les draps. Je sens que c'est le bon moment pour utiliser mon pouvoir.

- Je ne veux pas que Simone parte en Israël. Je ne veux pas que Simone parte en Israël. Je ne veux pas que Simone parte en Israël.

Je repense à ce que je viens d'entendre. Je sais qu'elle est têtue et j'ajoute avec le plus de force possible :

- Si elle part quand même, je veux qu'elle soit protégée de tout, qu'elle ne se noie pas et qu'il ne lui arrive rien.

14

J'ai beaucoup d'oncles et tantes. Mais vraiment beaucoup. Mon père a cinq frères et sœurs. Ma mère en a neuf en tout ! Certains sont à Safi, d'autres à Casa, à Fès et à Meknès. J'en ai aussi à Mogador. Mais comme il y a eu des histoires de famille, on ne les voit pas tous. Et en plus des frères et sœurs de mes parents, il y a aussi leurs oncles et tantes. Comme dit mon père : *Tbarkla**, on a une grande famille. Raquel est la tante de mon père, la sœur de Papi Prosper. Elle habite Safi, pas très loin de la place du marché. Elle a perdu son mari, il y a très longtemps d'une crise cardiaque et ses enfants sont grands. Elle est vieille mais ce qui marche encore très bien, c'est sa langue. Elle est partout sauf dans sa poche. Avec mes sœurs on l'aime beaucoup car contrairement à la plupart des gens de la famille, elle dit ce qu'elle pense exactement quand elle le pense. Moitié blague, moitié vérité. Elle nous fait rire. Elle vient souvent déjeuner le samedi midi à la maison car elle pense que la *dafina** de ma mère est la meilleure de Safi.

La dernière fois qu'elle est venue, chacun a eu droit à son commentaire.

- Tu as encore perdu tes cheveux Max ! On dirait un oignon épluché !

- Ruby, j'espère que tu n'as pas mis trop d'huile dans ta *dafina*. J'ai mis une semaine à digérer celle de samedi dernier !

Ou encore :

- Qu'est-ce que tu étais belle au mariage de la fille Corcos ! Je ne t'ai même pas reconnue.

Quant à papi Prosper, son frère ainé, c'est sans doute celui qui prend le plus.

- Jusqu'à quand tu vas vieillir ? Je pensais que tu étais arrivé au maximum !

Tout le monde rit de bon cœur.

Tata Raquel est très coquette. Elle est toujours bien habillée et maquillée avec du rouge à lèvres. Elle me laisse des traces sur la joue quand elle m'embrasse. Elle est très ridée. C'est comme si elle était restée tellement longtemps dans un bain chaud et que sa peau s'était froissée pour toute la vie. Un jour, je regardais tous ses plis sur son visage. Elle a remarqué et elle m'a dit :

- Tu sais combien j'en ai de rides ?

J'essayais de compter vite pour lui donner une réponse.

- *Thekt aala zman ouzman houa di thak aalia** !

(*Je me suis moquée du temps et le temps s'est moqué de moi). Moi non plus je ne sais pas ! Mais ce que je peux te dire, c'est que chacune d'entre elles correspond à un moment de joie. Comme tu peux le voir, je me suis bien amusée.

Elle a souri et des nouvelles rides sont apparues.

Pour Raquel, on est des trésors. Moi autant que mes sœurs. Ça m'énerve un peu d'ailleurs parce que j'aime bien être le plus mignon. Elle dit toujours à ma mère :

- Ce n'est pas Max et toi que je viens voir, c'est tes gosses et ta *dafina* !

Ses deux garçons sont en France. Le premier est marié et le deuxième finit ses études de médecine à Paris et il s'est fiancé l'année dernière. Ils lui manquent beaucoup et elle en parle souvent.

Simone discute avec elle. Elles ont toujours été proches toutes les deux. Elles chuchotent ou elles vont dans un coin pour ne pas qu'on les entende. Au début, je pensais que Simone lui parlait de ses amoureux secrets et lui demandait des conseils, mais maintenant, je sais que ce n'est pas ça. Quand ma mère a annoncé qu'elle venait manger la *dafina* avec nous samedi midi, j'ai décidé de les espionner. Juste après le repas, au moment où mon père fume sa cigarette, je me suis caché sous la table de la salle à manger jusqu'à ce qu'on m'oublie. Et ça a marché. Ma tante et ma sœur se sont crues seules et ont commencé à parler.

- Tu peux encore changer d'avis, dit ma tante.

- Tu plaisantes ? Il n'y a rien de plus important pour moi aujourd'hui.

- L'organisation s'occupe de tout. Ils vont bientôt te contacter.

- Je suis prête. Mais... Mes parents ne vont pas comprendre.

- Si tout se passe bien, ils ne sauront rien. Tu es très courageuse ma chérie. *Nabibesk ana**, je suis tellement vieille, sinon je serais venue avec toi. Mais bon les vieilles, elles ne savent faire que des gâteaux qui font grossir.

- Non tata, tu as déjà fait tellement de choses pour tous ces gens.

- Ne dis pas de bêtises.

A ce moment-là, ma mère rappelle tout le monde à table pour la pastèque et le café.

J'attends que tout le monde s'installe et je reprends discrètement ma place. Personne n'a fait attention à moi.

Ma sœur va partir sans l'autorisation de mes parents. Je connais ma mère. Elle va devenir folle. Odette se remet à peine de sa maladie et maintenant c'est Simone qui lui cause du souci. Qu'est-ce que je dois faire ? Prévenir mes parents ? Ne pas les prévenir ?

- On fait une petite partie de cartes ? propose Raquel. Prosper ? Tu ne vas pas tricher cette fois-ci ?

- C'est toi qui triches !

Tout le monde se met à rire. Ma mère apporte

une boîte de marrons glacés qu'elle a achetée à la boulangerie Mahé place du marché.

- Après la *dafina*, des marrons glacés ! lance Raquel. Bon allez, tant pis si je grossis encore, je n'avais pas prévu de draguer dans les jours qui viennent.

- Tu n'es pas obligée d'en prendre ! dit mon père en riant.

- Toi non plus d'ailleurs ! Tu ne vas plus pouvoir passer par la porte bientôt ! Bon allez joue au lieu de parler de mes kilos.

Je les regarde jouer au rami et j'essaie d'y comprendre quelque chose. Je me mets avec Papi Prosper. Il pense que je suis son porte-bonheur.

Au bout d'un moment, j'en ai marre. Papi Prosper ne veut pas que je sorte.

- Jacob, j'ai encore besoin de toi !

- Achète-toi une patte de poulet et laisse ce gosse tranquille ! lance Raquel.

Ma mère m'autorise à sortir, mais je ne dois pas rentrer tard. Je vais chez Brahim. On sort jouer devant chez lui.

- Tu ferais quoi à ma place ? Je lui demande après lui avoir raconté que ma sœur veut partir du Maroc sans l'autorisation de mes parents.

- Rien.

- Rien ?

- Oui, comme si j'avais rien entendu. En arabe on dit ce qui doit arriver arrivera. *Mektoub**! Elle va peut-être retrouver un amoureux pour lui faire les bisous sur la bouche ?

- C'est pas le genre de ma sœur. Je crois qu'elle veut aller en Israël.

- En Israël ?

Comme un réflexe, Brahim se met à cracher.

- Pourquoi tu craches ?

Il a l'air de regretter.

- Je ne sais pas trop mais quand mon père entend parler d'Israël, il crache.

Qu'est-ce que c'est que cette histoire ? Je me prendrais une grosse raclée si je crachais. Le père de Brahim a quelque chose contre Israël. Pourtant je suis certain qu'il n'y est jamais allé.

- Pourquoi ton père n'aime pas Israël ?

Brahim ne répond pas. Il change de sujet.

- Ça te dirait d'aller à la plage ? Mon frère peut nous y emmener. Il fait super chaud aujourd'hui.

- Pourquoi tes parents n'aiment pas Israël ?

J'insiste. Brahim est mal à l'aise.

- Je ne sais pas moi ! s'énerve-t-il. Est-ce que tu sais pourquoi tu n'aimes pas les tripes à la sauce tomate, toi ?

Il a raison. Je n'en sais rien. C'est comme ça.

- C'est à cause des juifs ?

- Ben non ! Ses poteries, il les vend aussi à des juifs ! Il n'aime pas Israël, c'est tout. On n'est pas obligés d'aimer tout le monde. Bon, on va à la plage ?

Ça m'embête. Est-ce qu'il est possible d'aimer les juifs du Maroc et de ne pas aimer les juifs d'Israël ?

- Ok allons à la plage.

15

Monsieur Tobelem est souffrant. Il ne fera plus cours jusqu'à la fin de l'année. J'y suis peut-être allé un peu fort. Je me sens coupable mais quand même, il l'a bien mérité. Il est remplacé par Madame Sebag. Ma mère est contente car elle connaît très bien sa sœur et elle espère que cela nous aidera à avoir des bonnes notes Anna et moi. Madame Sebag est une grand-mère et ses petits enfants sont dans notre classe. La semaine dernière, elle nous a demandé d'apporter trois belles pommes pour faire ce qu'elle appelle un cours de choses. Après la classe, on a dû lui déposer les pommes sur son bureau. Comme mes parents devaient venir nous chercher pour nous emmener chez tata Rosette et tonton Henri et qu'ils étaient en retard, nous les avons attendus devant l'école. Madame Sebag a donné une pomme à chacun de ses petits enfants pour leur goûter. Elle a rangé les autres dans son sac.

- Je parie qu'elle va faire une confiture ou un gâteau avec toutes ces pommes ! Je lance à Anna.

- Tu ne l'aimes pas, parce que tu as dû rater le

contrôle de grammaire de cet après-midi, me répond ma sœur.

- N'importe quoi !

- On verra ta note !

Anna est une vraie peste. Mais je me garde bien de lui souhaiter de tomber malade. C'est ma sœur.

Nous arrivons chez Rosette et Henri. Tonton Henri est le tailleur de Safi. Il est connu jusqu'à Casa. Il prend des mesures avec son mètre, il va dans son atelier et il en ressort avec des robes, des pantalons et des vestes. Il a toujours son mètre avec lui, même quand il ne travaille pas. Dans les discussions, si des personnes commencent à parler de fêtes, de *bar mitsvah*, de naissances ou de mariage, il sort son mètre et prend les commandes. Quand il salue des gens, il ne peut pas s'empêcher de toucher les tissus de leurs habits, comme ça au passage. Odette dit qu'il est passionné, comme elle avec la coiffure. Elle l'admire beaucoup. Il est toujours très bien habillé avec un costume, même quand il fait très chaud. Il fait toujours les mêmes blagues quand il me voit.

- Monsieur Jacob Benshimon ! Que vous êtes élégant ce soir ! Tu veux que je te fasse un costume de grand ?

- Non merci tonton.

- Tu sais, avec un beau costume, tu auras plus de force, de meilleures notes à l'école et les filles seront folles de toi.

Je ne me vois pas aller à l'école avec un costume. Déjà que les bermudas que ma mère m'oblige à porter me tiennent chaud.

Je ne veux pas le vexer, alors je lui demande.

- Tu pourras me faire un costume de Zorro avec une cape noire et un masque ?

- C'est comme si c'était fait, monsieur don Diego de la Véga !

Je suis content de voir mon cousin Armand. Il a deux ans de plus que moi et il connaît tout sur tout. Il est déjà allé en France.

- Comment c'est la France ?

- Ben il pleut tout le temps. Les gens ne sont pas super sympas. Ils ne sourient presque pas.

- Qu'est-ce que tu as fait là-bas ?

- On a visité des rues. La rue Montmartre, la rue des Champs Elysées, la rue des Galeries Lafayette. Mes parents ont des amis français. On est allés dîner chez eux, il n'y avait presque rien à manger. Ma mère m'a empêché de me resservir car elle a dit que ça ne se faisait pas. Et ils ne m'ont pas proposé. J'ai eu faim toute la soirée.

- Tu n'as pas aimé alors ?

- Ah pas vraiment. On dormait dans un quartier à côté de Bastille. Je n'avais même pas le droit de sortir tout seul sans mes parents ! Ma mère m'a dit que Paris, ce n'est pas Safi. C'est beaucoup plus dangereux.

Si c'est dangereux, mes parents n'iront jamais. Ils ont horreur du danger.

- Tes parents parlent de partir du Maroc aussi ?

Je lui demande.

- Je ne crois pas. Mon père habille tout Safi. Ceux qui partent, c'est ceux qui ont des problèmes. Mes parents, ils n'ont pas de problème.

- Quels problèmes ?

- Ben, je ne sais pas moi… des disputes de famille, des problèmes de travail, des soucis d'argent.

Dans cette liste, il n'y a rien qui correspond à mon père et ma mère. Cette année, comme il a plu, le travail de mon père rapporte ce qu'il faut. Et mes parents s'entendent avec tout le monde.

- Viens avec moi ! me dit mon cousin.

On va dans la salle de bain.

- Regarde ce qu'il y a dans la baignoire !

La baignoire est remplie de boissons avec des pains de glace pour qu'elles restent fraîches. Ma mère ne veut pas que je prenne une boisson sucrée avant le repas. Mais elle n'en saura rien. Je prends une bouteille de *Judor*, mon cousin une limonade blanche et on va dans le jardin pour les boire en cachette.

- On trinque ? me demande Armand.

- Oui bonne idée. Que nos parents n'aient jamais de problèmes ! *Lehaim* !*

- A table ! crie ma tante.

On sursaute. On se dépêche de finir notre bouteille et on revient au salon comme si de rien n'était.

Je suis rassuré. Si toute la famille reste, mes

parents voudront rester aussi.

On s'installe à table. Je suis certain que mon cousin Armand est amoureux de ma sœur Odette. Je vois bien qu'il la regarde avec des yeux bizarres. Il est plus petit qu'elle en taille et en âge, et Odette rêve de se marier avec un français de France donc, il n'a aucune chance. Il me chuchote à l'oreille tout en la dévorant du regard :

- Ta sœur va mieux ?

- Ben tu le vois bien ! Sinon elle ne serait pas venue.

- Je demandais comme ça. Quand est-ce qu'elle va retourner à Marrakech ?

- Normalement, à la rentrée. Elle doit encore se reposer.

Il bave devant elle. Berk ! Je lui précise :

- Tu sais qu'on n'a pas le droit de se marier entre cousin ?

Il devient tout rouge. Et il se justifie :

- Pourquoi tu dis ça ? Je ne t'ai jamais parlé de mariage ! Je demandais juste des nouvelles de ma cousine.

- Tu sais, Odette veut devenir coiffeuse, et elle recherche des modèles pour s'entraîner. Tu pourrais lui demander de te coiffer ?

Mon cousin hoche la tête. Je vois bien qu'il aime bien l'idée.

- Odette !

Je dois crier car ma sœur est à l'autre bout de la table.

- Armand te prête sa tête pour que tu lui fasses

une coiffure !

Ma tante Rosette a entendu.

- *La la la** ! Personne ne touche les cheveux de mon fils ! *Lamardiali** ! Tu es très beau comme ça !

Odette sourit. C'est vrai qu'elle est belle ma sœur.

- Arrête maman ! fait mon cousin en repoussant l'étreinte de sa mère qui veut absolument l'embrasser.

- *Mat' harf, behek omek tat'khel mrat bouk** ! (*Tu connaîtras la valeur de ta mère quand arrivera ta belle-mère !)

Tout le monde rit.

- Odette est très douée ! ajoute mon père.

- Tu n'as presque plus de cheveux Max ! s'amuse Rosette.

Mon père a le crâne bien dégarni. Mais c'est ma sœur qui lui égalise les côtés quand les cheveux qui restent poussent n'importe comment.

- Il est déjà très beau mon père. Il n'a presque pas besoin de mes services.

- D'ailleurs, vous savez que le coiffeur Levy va partir ? s'exclame ma mère. C'est madame Abitbol qui me l'a dit.

Je m'empresse de dire :

- Odette, tu n'auras plus de concurrence ! Tu pourras avoir le plus grand salon de coiffure française de Safi !

- Ce n'est pas le moment de monter des

nouvelles affaires à Safi, commente tata Rosette en débarrassant les assiettes.

- Ce qui est certain, c'est que vous aurez tous droit à une coiffure gratuite quand j'aurai mon salon ! annonce fièrement Odette

- J'espère bien ! dit ma tante. Il ne manquerait plus que tu fasses payer la famille !

Tout le monde rit.

Simone est restée très calme ce soir. C'est louche. Il y a plusieurs raisons possibles. Choix un : elle s'est expliquée avec les parents et ils l'ont convaincue de rester ici. Choix deux : elle a décidé de partir, et elle se fait oublier jusqu'au départ.

Je sens que c'est le choix deux. Une petite enquête est nécessaire. Mais avant ça, il faut que je parle avec mon oncle Henri. Je dois m'assurer qu'ils n'ont pas le projet de quitter le Maroc.

Alors que ma tante sert le thé à la menthe, mon père fume sa cigarette. Je m'assois à côté de lui.

- Dis tonton, tu penses quoi de la France toi ?

- Ah la France… Gabrielle Chanel, Christian Dior… C'est le pays de l'élégance ! C'est un paradis pour les tailleurs !

Je panique.

- Mais tu dis toujours que c'est au Maroc que tu trouves les plus beaux tissus.

- Oui, mais en France, ils savent broder, ils savent jouer avec les matières et les couleurs. Ils savent…

Je le coupe :

- Ils ne savent rien du tout ! Tonton, tu ne peux pas quitter Safi ! Les gens ont besoin d'un tailleur, ils ont besoin de costumes et de robes pour être beaux. Ne partez pas !

Je le supplie. Il me regarde amusé.

- Mais qui t'a dit que nous allions partir ? La France c'est l'inspiration, pas la destination !

Je souris. J'ai envie de lui sauter au cou et de l'embrasser. S'ils ne partent pas, il y a de grande chance que mes parents ne déménagent pas non plus. Ma mère et Rosette sont inséparables.

16

A Safi, près de la mer, pas loin du grand port où il y a les grands bateaux de pêche de sardines, il y a une vieille forteresse carrée qu'on appelle le Château de la mer. Papi Prosper m'a expliqué qu'elle a été construite par les portugais pour défendre la ville au XVIème siècle contre les attaques en mer. Mon grand-père n'était pas encore né mais il connaît toute l'histoire.

Avec Brahim, on adore inventer des histoires sur ce château. Nous sommes deux amis chevaliers. Le Roi Hassan II nous a demandé rien qu'à nous, de protéger le royaume de Safi et d'y faire régner la paix. On a trouvé deux bâtons, et on fait comme si c'étaient des épées.

- On a qu'à dire que des américains veulent nous attaquer ?

- Pourquoi des américains ? Je demande.

- Bon alors qui ? Il faut bien qu'on ait des

ennemis, sinon l'histoire elle est nulle.

- On a qu'à dire que le royaume se fait attaquer par des sardines géantes ! Ou non des cafards géants !

- Ça existe même pas !

- Des sardines géantes non, mais les cafards si ! J'en ai déjà vu rue du Rbat ! Ou alors des mouches, comme sur la viande chez le boucher. On a qu'à dire qu'il y a des millions de mouches qui attaquent Safi.

- On ne peut pas tuer des mouches avec nos épées. Et pourquoi pas les portugais qui veulent reprendre leur château ?

- Bof.

On cherche des idées d'ennemis, mais il n'y a rien à faire. On ne tombe pas d'accord.

- Bon, je n'ai pas envie de jouer aux chevaliers finalement, je finis par dire.

- *Waha** !

- Odette m'a dit que mes parents voulaient partir du Maroc.

- Pour les vacances ?

- Non pour habiter.

- Vous partez de Safi ?

- C'est pas sûr encore.

Brahim a l'air triste.

- Et toi tu veux partir ?

- Ben non !

- Dis-leur qu'ils doivent rester alors !

- C'est pas si facile ! Je suis un enfant, je te rappelle. Ils m'écoutent seulement quand j'ai une mauvaise note ou que j'ai fait une bêtise.

- Tu n'as qu'à te cacher dans un endroit secret. Ils ne partiront pas sans toi.

Je ne dis rien. C'est pas vraiment une bonne idée.

Les informations sont de plus en plus mauvaises. C'est ce que mon père a dit à ma mère en rentrant ce soir. Je déteste les informations. Je pense que c'est à cause d'elles si mes parents veulent quitter le Maroc. J'espionne toutes leurs discussions au cas où ils parleraient d'un départ. Mais pour le moment, rien à signaler. Ma mère attend des nouvelles de Rebecca qui passe ses examens de pharmacie et c'est ce dont elle parle avec tout le monde.

Je n'arrête pas de repenser à la discussion que j'ai entendue entre Simone et tata Raquel il y a deux jours. J'hésite à en parler à Odette. Mais avec ses soucis de santé, je ne veux pas l'inquiéter. Quant à mes autres sœurs, elles iraient cafter c'est sûr et ça ferait un gros scandale dans la famille. Juste avant de me coucher, je me décide à aller en parler directement à Simone. Je frappe à la porte de sa chambre. Elle écoute la dernière chanson de Johnny Halliday, *Quand revient la nuit*, et elle chante. Elle connaît les paroles par cœur :

- *La nuit, quand revient la nuit, tout seul je m'ennuie, je pense à toi. Quand revient la nuit, la lune qui brille, mais trop loin de moi. Je suis un soldat, comme d'autres là-bas.*

- Simone, pourquoi tu veux partir faire la guerre en Israël ?

Elle baisse la musique.

- Je n'ai jamais dit que j'allais faire la guerre ! D'abord, il n'y a pas de guerre pour le moment. Israël est un pays qui a été créé pour nous les juifs, pour qu'on puisse vivre en sécurité. On finira tous par y aller !

- Mais si la guerre éclate, tu ne seras pas en sécurité là-bas !

Simone n'a jamais eu de patience. Et là, je l'agace.

- Jacob, tu comprendras quand tu seras plus grand. Je n'ai pas le temps de te faire un cours d'histoire.

- Tu… Tu ne vas pas y aller quand même en Israël ?

- Laisse-moi tranquille ! Allez va te coucher maintenant.

Comme je ne bouge pas, elle me raccompagne en dehors de la chambre, ferme sa porte et se remet à chanter.

Je m'allonge sur mon lit. Je me dis qu'elle ne peut pas faire ça à mes parents, même s'ils ne sont pas souvent d'accord avec elle. Elle les connaît. Ils seraient fous d'inquiétude.

***

Le lendemain après l'école, Brahim est en bas de la Biada. Il m'attend avec impatience.

- Jacob ! C'est bon, vous ne partez pas du Maroc ! J'ai parlé à mon frère Mohamed, qui travaille dans la police. Il m'a dit que vous n'avez pas le droit de quitter le pays, comme ça sans l'autorisation du Roi. Et le Roi n'est pas d'accord en général ! C'est très très compliqué d'avoir les papiers. C'est pas une bonne nouvelle ça ?

On se met à sautiller de joie tous les deux. Mes parents suivent toujours les lois. Ils ne tuent pas, ils ne volent pas, ils ne mentent pas, et ils ne quitteront pas le Maroc si le Roi n'est pas d'accord. Je suis soulagé.

Quand je rentre à la maison, je cours voir Odette dans sa chambre pour lui raconter ce que Brahim vient de me dire. On pourrait croire qu'elle est encore faible à cause de la maladie qu'elle a eue, mais elle me hurle dessus.

- Mais enfin Jacob, tu es fou d'aller raconter à un marocain qu'on veut quitter le Maroc ! Papa et maman peuvent avoir de gros problèmes à cause de toi. Ils peuvent aller en prison !

Je la regarde les yeux écarquillés. Je suis terrifié. Je ne veux pas qu'il arrive quelque chose à mes parents.

- Si nous partons, continue-t-elle, personne ne doit le savoir. Et surtout pas les arabes. Ce sera comme un voyage mais on ne reviendra pas.

- Je ne veux pas qu'on parte ! C'est ici chez nous !

Elle retrouve une voix calme.

- Mais Jacob, si le Roi ne protège plus les juifs,

ça peut devenir dangereux pour nous. Et la France est un pays incroyable ! Raffiné, chic, moderne ! Je suis sûre que tu vas adorer !

- J'en ai rien à faire de la France !

- Et le camembert alors ?

Ma mère nous emmène souvent acheter un camembert français place du marché. Elle a raison, j'adore ça. Mais ce n'est pas le camembert qui me fera quitter Safi. Devant mon visage triste, elle se rapproche de moi et me prend dans ses bras.

- Excuse-moi mon Jacob adoré. Je n'aurais pas dû te crier dessus. Tu ne pouvais pas savoir. Mais ne raconte plus jamais ce genre de chose à personne. Promis ?

- Promis.

Elle sort ses brosses de son tiroir.

- Ça fait longtemps ! Ça te dit ?

Je dis oui, même si je n'ai pas la tête à me faire coiffer.

17

Ma mère est sortie faire des courses avec Odette. Anna est chez une amie. Je suis seul avec Aïcha qui retire le reste de plumes sur les poulets. Elle a mis des aubergines à griller sur le *canoun**. Ça sent bon. Je suis à la cuisine avec elle. Je regarde l'intérieur du poulet qu'elle vient de nettoyer. Je fais comme si c'était une trompette. Ça la fait rire.

La porte sonne. Comme elle a les mains sales, c'est moi qui vais ouvrir. Je demande :

- Qui c'est ?

- C'est la police ! Va chercher tes parents !

J'ai tellement peur que je ne bouge pas, je ne parle pas, je ne respire pas. Il répète en arabe et ça me fait réagir.

- Ils ne sont pas là !

Il parle en arabe à son collègue et annonce :

- Nous repasserons demain matin.

Je ferme la porte au plus vite. Ils sont venus pour mes parents ! Ils vont aller en prison par ma faute ! Je cours dans ma chambre, je ferme la porte, je m'assois sur mon lit, je joins mes mains de toutes mes forces et je répète des dizaines de fois : « Je ne veux pas que mes parents aillent en prison, je ne veux pas que mes parents aillent en prison. » Quand je m'arrête je suis vidé.

Ma mère rentre à ce moment-là. Je ne trouve pas le courage de lui parler des policiers. Je lui demande l'autorisation d'aller chez Brahim même s'il est déjà presque dix-huit heure. Elle commence par refuser mais j'insiste en lui promettant que je serai rentré avant dix-neuf heure. Elle accepte. Je descends la Biada à toute vitesse, et je tape à sa porte. Sa mère m'ouvre et m'embrasse alors que je suis encore tout essoufflé.

Brahim est surpris de me voir. Il doit faire une livraison pour son père. Je l'accompagne. Dès qu'on est seuls, je lui dis encore affolé :

- Tu dois dire à ton frère que la police ne mette pas mes parents en prison.

- Quoi ?

- La police est venue chez moi. Ils reviennent demain ! Mes parents n'ont rien fait de mal !

- Pourquoi la police va les arrêter alors ?

- Ton frère leur a dit qu'ils voulaient partir du Maroc et c'est interdit !

Brahim réfléchit quelques secondes.

- Mais non ! Mohamed n'a rien dit ou alors il

n'a pas fait exprès.

Je sais que Brahim voit son frère comme un héros.

- Exprès ou pas, ils vont aller en prison !

- *La**! Je vais lui dire que tes parents, ils ne veulent plus partir. C'était juste une idée comme ça qui est passée dans leur tête. Et maintenant, elle est ressortie de leur tête. Voilà ! Il n'y a plus de problème.

- Merci Brahim.

Le soir dans mon lit je rajoute une centaine de « je ne veux pas que mes parents aillent en prison. » Vaut mieux trop que pas assez comme dit ma mère quand elle cuisine ou quand elle m'embrasse.

Le lendemain, c'est vendredi. Ma mère se lève toujours plus tôt car elle a mille choses à faire pour la préparation du repas de *Chabat*. J'arrive dans la cuisine pour prendre mon petit déjeuner. La porte sonne. Je me crispe. Ma mère va ouvrir. C'est eux : les deux policiers d'hier.

- Bonjour Madame. Tu nous laisses entrer ?

- Max ! crie ma mère. Max !

En pleurs, je cours dans la chambre d'Odette qui dort encore. Je la réveille.

- Odette, je ne veux pas que papa et maman aillent en prison. Fais quelque chose !

- Mais de quoi tu parles Jacob ? fait-elle, encore à moitié endormie.

- Ils sont là ! Les policiers ! Ils vont les

emmener en prison à cause de moi.

- Calme-toi ! Calme-toi ! Viens avec moi.

Elle enfile sa robe de chambre et nous allons tous les deux en haut des escaliers pour écouter ce qui se passe en bas.

Ma mère installe les policiers. Mon père les salue. Il essaie de se montrer chaleureux mais je vois qu'il n'est pas naturel. Ma mère propose du café, du thé et des gâteaux.

- Juste un café. *Barakala ofik* *!

Mais elle apporte quand même quatre sortes de gâteaux. Elle a toujours une réserve.

- Alors monsieur, tu es heureux au Maroc ? demande le policier.

Mon père devient nerveux. Et moi, je sanglote. Ma sœur me tient la main très fort.

- Bien sûr… C'est notre pays. Nous avons grandi ici.

- Comme dit notre Roi, les juifs, ils sont des marocains comme les autres !

- Et on l'aime beaucoup le Roi.

- Monsieur, je vais être franc avec toi. Beaucoup de juifs, ils partent du Maroc en ce moment. Ils vont en Palestine. Et quelqu'un nous a dit que toi aussi tu veux quitter Safi avec ta famille. Mais où tu veux aller exactement ?

J'ai du mal à respirer. Odette aussi a l'air paniqué.

- Mais c'est faux ! Qui vous a dit une chose pareille ? J'ai mon commerce de céréales ici ! Mes enfants sont à l'école. Ma fille est mariée à

Casablanca. Pourquoi je partirais ?

Le policier ne répond pas. Il boit son café et il attend. Mon père se lève et va chercher sa veste dans l'entrée et revient. Il sort des billets de son portefeuille et les tend au policier qui les prend, les compte et les met dans sa poche.

- Ah mais c'est sûr que c'était un malentendu. Madame, je te remercie pour le café ! dit-il en se levant. Tu sais très bien le faire. On a beaucoup de travaux aujourd'hui avec Assaf.

Mon père raccompagne les deux hommes et referme la porte. Ma sœur me serre de toutes ses forces dans ses bras. J'explose en sanglots.

- Voilà c'est fini ! Tout va bien Jacob, me dit-elle en me caressant les cheveux pour que je me calme.

Mon père et ma mère sont dans le salon. Ils chuchotent.

- Quelqu'un a dû nous entendre. Tu crois que c'est Aïcha ?

- Ils n'ont peut-être rien entendu et sont juste venus chercher la pièce ! C'est plus possible cette corruption ! Au rond-point, ils ont mis un policier qui a des problèmes de vue quand on ne lui donne pas quelques dirhams car il ne me voit jamais mettre mon clignotant !

Ma mère se met à pleurer.

Je reste dans les bras d'Odette un bon moment, en reniflant. Et puis ça finit par aller mieux. Mon pouvoir a finalement marché : j'ai évité la prison à mes parents.

***

- C'est à cause de ton frère si la police est venue chez nous ! Ton frère est un traître !

J'ai la rage.

- Non mon frère est un protecteur ! crie Brahim.

- Comment ils auraient pu savoir autrement ? C'est de ta faute et de celle de ton frère !

- Tu dis n'importe quoi !

- Ton frère a tout raconté à son chef et mes parents ont failli aller en prison !

Brahim est super énervé et moi aussi. Je ne sais plus comment ça a commencé. On s'est d'abord hurlés dessus puis on s'est battus. C'est la première fois. La première fois que je me bats avec lui, et même que je me bats tout court pour de vrai. Des gens dans la rue nous ont séparés. J'étais plein de poussière et j'avais des griffures sur le bras. Brahim et moi, c'est fini. On n'est plus copains ! Je ne veux rien avoir à faire avec les traîtres.

Le lendemain, il ne m'attend pas après l'école comme presque tous les jours. Tant mieux. J'aurais même pris un autre chemin pour être certain de ne pas le croiser mais Anna n'était pas d'accord. Elle me demande :

- Où il est ton copain marocain ?

- Qu'est-ce que ça peut te faire ?

- Tu t'es fâché avec lui ? Qu'est-ce qu'il t'a fait

?

Ma sœur peut toujours attendre pour que je lui raconte. Elle insiste :

- Tu sais, les juifs et les arabes, ça ne s'entend pas toujours très bien. Regarde Israël et l'Egypte !

- C'est surtout avec toi, que je ne m'entends pas ! Laisse-moi tranquille et occupe-toi de tes affaires !

18

Quand les beaux jours arrivent, le samedi, c'est mon jour préféré. D'abord, parce qu'il n'y a pas école. Mais aussi parce que le samedi matin, pendant que certaines familles vont à la synagogue pour prier, nous on va à la plage du Club Nautique. On part tôt. Enfin, on dit qu'on part tôt mais même le samedi on est en retard. On rejoint mes oncles et tantes et des amis de mes parents. Les adultes aussi bien que les enfants, on passe toujours des supers moments. Je ne sais pas comment ils font ceux qui vivent à Marrakech. Ils n'ont pas la mer. Qu'est-ce qu'ils doivent s'ennuyer ! Et puis ils doivent crever de chaud.

Avec Armand, mon cousin, on n'est pas encore assez grands pour sauter de la corniche. Ma mère m'a menacé en pointant son doigt sur moi. Si elle me voit m'approcher de la jetée, je serai puni jusqu'à la fin de ma vie. Je n'ai même pas essayé de négocier. Pourtant, quand j'admire mes cousins plus âgés faire le saut de l'ange, je n'ai qu'une seule envie, grandir très vite. Sauf que mon anniversaire, c'est qu'une fois par an. Armand a le même traitement que moi, même s'il est un peu plus âgé. Alors on regarde les plongeurs tous les deux et on critique tout ce qu'on peut critiquer. La position de départ, la coupe de cheveux, le maillot, le saut, l'atterrissage dans l'eau, la quantité de poils…

Quand on en a marre, on retourne se baigner en bas sur la plage. L'eau est glacée mais on s'amuse comme des fous avec les vagues. Pendant ce temps, les adultes sont assis sur les serviettes et ils discutent. Les femmes s'échangent les derniers potins de Safi et les hommes parlent encore et toujours de ce qu'ils ont lu dans les journaux ou écouté à la radio. Et ils se posent des questions. Est-ce que le Roi va continuer à protéger les juifs ? Et si les autres pays arabes le forcent à mal nous traiter ? Et s'il fait voter des lois pour nous interdire des choses ? Ils se disputent mais personne ne peut leur dire s'ils ont raison ou tort.

Il est deux heures. Je commence à avoir faim. Mon père a du mal à s'arrêter de parler avec mes oncles. Avec ma mère, c'est plus facile. Elle ne supporte pas qu'un de ses enfants ait faim, surtout moi. On part de la plage et on s'arrête au four public pour récupérer la *dafina**. C'est ma mère qui s'en charge personnellement pour s'assurer qu'Ahmed le gardien du four public, n'a pas donné sa place dans le four à quelqu'un d'autre. Sa *dafina*, c'est sa fierté. Elle commence à la préparer le jeudi en faisant tremper les pois chiches. Puis le vendredi, elle remplit sa grande marmite de pommes de terre, de viandes, de pois chiches, de pied de bœuf, de riz, de blé, d'un gâteau à la viande et aux amandes et elle y ajoute sa touche finale : quelques dattes bien sucrées. Tout ça va cuire pendant toute la nuit du vendredi, jusqu'au samedi midi. Elle négocie avec Ahmed pour avoir le meilleur endroit dans le grand four en pierre. Pas trop au fond, pas trop devant. Elle est généreuse avec lui car elle sait qu'il peut tout faire rater. D'autres femmes essaient toujours de positionner leur marmite pas loin de notre *dafina* car elle a la réputation d'avoir le meilleur goût.

Dès que la marmite entre dans la maison, c'est comme si on avait vaporisé un parfum dans toutes les pièces. Ça donne encore plus faim. Tata Raquel est venue déjeuner avec ma tante Rosette et son mari. C'est Rosette qui prend une remarque de ma tante aujourd'hui.

- Rosette, il paraît que tu as fêté tes quarante-neuf ans cette semaine ? Tu es sûre que tu n'as pas donné un bakchich à la mairie pour qu'ils te changent ta date de naissance ?
- Je dois prendre ça comme un compliment ?
- Tu le prends comme tu veux ma chérie !

Mais je t'aurais donné au moins deux ou trois années de plus !

Heureusement, ma tante Rosette le prend à la rigolade.

- On l'a tous fait ma chérie ! continue Raquel. Tu crois vraiment que j'ai soixante-huit ans ? Quelques dirhams au responsable des cartes d'identité valent mieux que tous les produits de beauté ! *Kbal** cent-vingt ans dans la joie, la santé, et le bonheur.

- Merci tata !

On passe à table. Quand ma mère goutte la première pomme de terre, tout le monde attend son jugement. Si elles ne sont pas assez fondantes, ou trop sèches on va l'entendre se plaindre toute la journée. Elle trouvera des excuses du genre, c'est la faute d'Aïcha ou c'est la faute d'Ahmed. Il a dû me mettre à une mauvaise place dans le four car quelqu'un a dû lui donner plus de dirhams. C'est la faute du marchand d'épices… Ensuite elle s'en voudra à elle-même. Je n'aurais pas dû mettre les pois chiches à tremper si tôt. J'aurais dû vérifier s'il y avait assez d'eau. Ce sera comme un disque rayé. Mon père, mes sœurs et moi, on aura beau la rassurer, une *dafina* ratée, c'est une *dafina* ratée.

Heureusement cette semaine, c'est une grande réussite. Même Raquel n'a rien à redire. Elle a la couleur, l'odeur et le goût. La viande est tendre et les pommes de terre aussi bronzées que nous. Ma mère est fière d'elle. Ça la met de bonne humeur, jusqu'à ce que Simone fasse une annonce.

Elle part à côté de Tanger pour une semaine, peut-être même dix jours. L'association des Eclaireurs de Safi dont elle s'occupe organise un grand rassemblement de tous les chefs et cheftaines. Ils doivent organiser les camps de vacances de cet été.

- Pourquoi tu nous l'annonces maintenant, comme si tu allais te marier ? demande ma mère.

- Tu la laisses tranquille ta fille ! intervient tata Raquel. Tu voulais qu'elle t'écrive une lettre ? *Psala**! Lâche-lui la jambe !

Ma mère fait claquer sa langue sur son palais et ne répond pas.

- Tu pars quand ? demande mon père.

- Mercredi prochain.

- Déjà ? râle ma mère. Ils te préviennent à la dernière minute ?

- C'est bien que tu te dévoues à cette association, fait mon père. Qu'est-ce que j'ai aimé partir dans les camps de scouts quand j'étais jeune. Tu te souviens Rosette ?

Mon père et ma tante se mettent à chanter :

« Le feu brille et la forêt palpite… Notre chef est parmi nous. Il nous parle des temps héroïques… »

- Vous nous cassez la tête ! se plaint Raquel. On dirait des *gnaouas* * rouillés !

Après la *dafina*, mon père, mon oncle et papi Prosper s'installent sur le salon arabe et ils font la sieste. En quelques secondes, ils se mettent à ronfler.

Je regarde Simone. Elle boit son thé à la menthe comme si de rien n'était mais je sais qu'elle nous cache quelque chose. Ça sent le mensonge jusqu'à Casa Blanca.

19

J'ai invité Sami à venir jouer après l'école. Il voulait qu'on s'amuse à embêter ma sœur Anna. Moi ça ne me disait rien. Mais bon, j'ai quand même accepté. Ensuite on a joué aux billes devant la maison. J'ai gagné toutes nos parties. Sami n'est pas très fort aux billes, ni aux osselets. Ce qui l'intéresse c'est embêter les filles. Je n'arrête pas de comparer Sami et Brahim. Ce qui ne sert à rien, car Sami n'est pas un traître lui.

J'ai aussi donné des réglisses à Anna pour qu'elle accepte de jouer avec moi aux billes, mais c'est vraiment parce que je m'ennuie. Je suis obligé de la laisser gagner en plus sinon elle refuse de jouer.

Je ne peux pas pardonner à Brahim ce que lui et son frère ont fait. Ça c'était le jour de notre dispute. Mais j'avoue que plus les jours passent, plus il me manque. Personne ne joue aux osselets comme lui. Je ne sais plus quoi faire après l'école. En plus c'est la saison des abricots. J'adore ce jeu. On fait des tas de quatre noyaux. Le but, c'est de casser le tas en lançant un noyau. L'année dernière, Brahim et moi, on s'était bien amusés. Chaque jour, je suis un peu moins en colère contre lui. En une semaine, je suis passé de : « je ne lui pardonnerai jamais » à « je lui pardonnerai à *Kippour** en septembre » à « je lui pardonnerai peut-être la semaine prochaine ».

Avec la visite des policiers et la frayeur qu'ils ont eue, mes parents se sont peut-être sortis de la tête l'idée de partir du Maroc. Je ne les ai pas entendus en reparler. Si c'est le cas, c'est grâce à Brahim et à son frère finalement. J'ai plutôt envie de me réconcilier avec lui, maintenant. Mais bon, on s'est battus, j'ai dû lui faire mal et je lui ai dit des vacheries. Il est sûrement encore fâché. J'espère le rencontrer par hasard dans la rue. Même si je ne sais pas trop ce que je lui dirai.

Simone part demain pour son rassemblement des Eclaireurs. Je vais la voir dans sa chambre. Elle fait son sac à dos. J'observe les affaires qu'elle plie et j'espère trouver un indice pour savoir si elle y va vraiment. Mais je ne vois rien de louche.

- Tu vas revenir quand ? Je lui demande.

- Dans un peu plus d'une semaine.

- Il y aura beaucoup de monde à ton rassemblement ?

- Oui, sûrement.

- Vous allez faire quoi exactement ?

- Dis donc, monsieur l'inspecteur ! Tu poses beaucoup de questions !

Je regarde fixement chaque partie de ma sœur comme si je voulais l'apprendre par cœur.

- Ce serait mieux si tu restais. On s'ennuie quand tu ne te disputes pas avec papa et maman.

Elle me pince la joue et elle l'embrasse avec les doigts. Puis elle se remet à plier ses affaires. Je reste avec elle sans rien dire un moment. Puis je vais voir Odette qui essaie de se faire une tresse dans sa chambre.

- Tu es triste que Simone parte ? Je lui demande.

- Elle ne part qu'une semaine.

- Et si c'était plus ?

Ma sœur me regarde. Elle voit bien qu'il y a quelque chose qui cloche.

- Qu'est-ce qui se passe Jacob ?

J'hésite. D'habitude, je peux faire confiance à Odette. Mais là, je ne sais pas si je dois lui dire ce que j'ai entendu. Peut-être que je me fais des idées après tout.

- Non rien. Elle va me manquer, c'est tout.

Simone part. Elle prévient mes parents qu'elle n'aura pas le temps de les appeler. Ils vont être occupés du matin au soir. Inutile qu'ils s'inquiètent. Ça ne plaît pas à ma mère.

- Tu peux quand même prendre cinq minutes pour nous appeler, même si tu es débordée.

- Laisse-la ! dit mon père. Tu nous appelles quand tu peux.

- Tu fais attention à toi, dit ma mère.

- Oui maman.

Simone nous embrasse et se dépêche de partir. Ce qui me rassure, c'est qu'elle a l'air plutôt heureuse.

***

Messodi, ma sœur de seize ans est un vrai mystère pour moi. Je ne comprends pas comment elle peut autant aimer lire. Pour elle, les livres, c'est comme des bonbons. Elle en finit un et elle en prend un autre. Tout le contraire de moi ! Je déteste ça quand j'ai des devoirs de lecture à l'école. Elle lit des livres sur tout. Ce qu'elle préfère, c'est les romans d'amour. Berk ! Mais elle lit aussi des livres d'histoires, des livres sur l'art et même des livres de cuisine ! Comme je m'ennuie, je vais la voir dans sa chambre. Elle a un stylo en main et elle souligne des phrases dans son livre.

- Qu'est-ce que tu lis ? Je lui demande.

- Un livre sur la chiromancie.

- C'est quoi ?

- Tu veux vraiment savoir ?

- Ben oui !

Elle adore dévoiler des grands secrets qui

n'en sont pas vraiment. Mais bon, je n'ai rien d'autre à faire.

- C'est l'art de prédire l'avenir en lisant les lignes de la main.

Je la regarde pour m'assurer qu'elle ne se moque pas de moi. Elle me fait peut-être une blague, comme mon père.

- Ce livre est passionnant !

Non, elle est très sérieuse. Je m'installe sur son lit.

- Je vais te raconter quelque chose d'incroyable. J'étais rue du Rbat la semaine dernière, quand soudain, une femme berbère assez âgée m'a arrêtée. Elle avait des tatouages sur le front et un foulard sur ses cheveux. Elle m'a dit en arabe :

-Toi !

Elle imite la voix de la femme et prend ma main en ouvrant grands ses yeux.

- Je me suis arrêtée. Et là…

- Et là quoi ?

- Tu veux vraiment savoir ?

Elle est énervante.

- Ben oui !

- Elle a pris ma main et avec son doigt, elle a suivi les lignes. Et elle m'a dit que j'étais une bonne personne, et que j'allais bientôt rencontrer l'amour. Sur le moment, je ne l'ai pas crue. J'ai pensé que c'était une vieille folle. J'ai retiré ma main et je suis partie en courant. Mais le lendemain…

Elle se met à sourire.

- Je ne sais pas si je peux te raconter.
- Mais si Messodi ! Dis-moi !
- Tu ne le dis à personne ! J'étais au Club Nautique et je l'ai vu…
- Qui tu as vu ?
- Un français !
- Lequel ? Il y en a plein à Safi !
- Le plus beau français que je n'ai jamais vu de ma vie. Il était avec un ami mais il n'arrêtait pas de me regarder. Tu te rends compte, elle a prédit mon avenir rien qu'en regardant ma main ! J'ai rencontré l'amour !
- Mais vous vous êtes fait un bisou ?
- Non ! Ça ne va pas la tête ! On s'est juste regardés. Mais quel regard ! Un regard profond, doux, tendre, intense, magnifique…
- C'est ça l'amour ?
- Tu ne peux pas comprendre Jacob ! Dans ce livre, ils disent que la chiromancie existe depuis la nuit des temps ! Tout est écrit, là ! Dans nos mains ! C'est complètement dingue !

Parfois, je me demande si elle est normale.

- Tu veux qu'on essaie ? Elle me propose.
- Je m'en fiche de savoir quand je vais rencontrer l'amour.
- Donne-moi ta main !

Elle me la prend, plisse les yeux et l'observe.

- Tu vois cette ligne ?
- Oui.

- C'est la ligne de chance.
- Et alors ? J'ai de la chance ?

Elle prend son livre et essaie de trouver la page qui correspond à la ligne de chance. Elle lit :

- *Quand la ligne de chance est très marquée, cela signifie que vous êtes quelqu'un de très décidé dans vos choix de vie.*
- J'ai de la chance ou pas ?
- Ils ne disent pas.
- Pff… C'est nul ton truc !
- Tu n'y comprends rien.
- Est-ce que tu as lu les lignes de la main à Simone avant qu'elle parte ?
- Non. Tu es le premier à qui je parle de ce secret. D'ailleurs, je compte sur toi pour n'en parler à personne !

Je me demande qui pourrait être intéressé par son histoire de lignes. Mais j'espère quand même que les lignes de Simone sont bien écrites.

20

Les vrais problèmes ont commencé avec la sonnerie de la porte d'entrée. Comme si les malheurs étaient bien élevés et annonçaient leur arrivée. Ma mère est en train de pétrir de la pâte à pain. Elle sort de sa cuisine pour ouvrir. C'est tata Raquel. Ma mère l'accueille chaleureusement même si elle ne l'attend pas. Je viens la saluer. Ma tante ne fait pas de plaisanterie. Elle ne sourit pas et elle a un visage inquiet. D'habitude, elle n'a aucun problème à parler de choses de grand devant les enfants. Mais cette fois ci, elle me fait clairement comprendre que je suis en trop. Je fais semblant de monter dans ma chambre mais je reste en haut des escaliers.

- C'est Simone ! dit ma tante avec une voix grave.

- Simone ? dit ma mère en tremblant. Quoi Simone ?

- Elle… Elle a disparu.

- Quoi ? Mais…

Ma tante accompagne ma mère pour qu'elle puisse s'assoir sur le canapé. Elle demande à Aïcha en arabe d'apporter un verre d'eau.

- Qu'est-ce que tu racontes ? C'est une erreur ! Elle est partie au rassemblement des Eclaireurs pour préparer les vacances d'été. Elle rentre bientôt. Oh mon Dieu… C'est un cauchemar !

- L'information vient d'un contact à Tanger. Elle a disparu avec l'une de ses amies.

- Mais enfin, on ne disparaît pas comme ça ! Elles sont peut-être allées faire la fête quelque part et elles vont revenir ? A cet âge-là, on fait n'importe quoi. Simone fait toujours n'importe quoi, d'ailleurs.

Ma mère tremble. Raquel la prend dans ses bras pour la calmer.

- Peut-être… On ne sait pas ma chérie. On espère que c'est ça. L'agence juive est prévenue, le consul de France aussi. On a contacté la police. On va la retrouver.

Ma mère se met à sangloter. Elle n'arrive même plus à parler. Raquel lui tend le verre d'eau fraîche. Quand elle reprend ses esprits, elle téléphone à mon père.

Papa arrive vingt minutes plus tard. Il sent la cigarette. Il a dû fumer pendant tout le chemin. Dès qu'il entre dans le salon, Raquel lui redit ce qu'elle a dit à ma mère. Il se met à faire des allers retours entre le canapé et la fenêtre. Il lui demande :

- Et si elle était partie en Israël ? On lui avait dit non, mais comme elle n'en fait qu'à sa tête !

- Non Max, je t'assure que je l'aurais su si elle avait passé la frontière.

- Alors quoi ? Elle s'est faite enlever ? Ils vont nous demander de l'argent ? Où est-elle ?

- On ne sait pas. Mais on va vite savoir, je te le promets.

- Où elle a disparu exactement ?

Tata Raquel ne répond rien. Elle ne sait rien.

Moi, pendant ce temps, j'ai plein d'images qui arrivent dans ma tête en même temps. La discussion que j'ai entendue quand j'étais sous la table, le visage de ma sœur qui faisait son sac à dos, et le frère de Brahim qui est dans la police. C'est alors que je réagis comme si j'avais reçu de l'eau glacé sur la figure. Je descends des escaliers à toute vitesse.

- Je vais voir Brahim !

Je n'ai même pas demandé l'autorisation. Ma mère est tellement bouleversée qu'elle ne réagit pas.

Même si on est fâchés avec Brahim, je sais que la famille ça passe avant tout.

Sa mère m'ouvre la porte et m'embrasse.

- Est-ce que Brahim est là ?

- Brahim ! hurle-t-elle. Brahim !

Brahim répond quelque chose en arabe et il apparaît dans la cuisine. On sort tous les deux sans rien dire devant sa maison.

- Tu es venu insulter ma famille ? me dit-il.

Il est encore en colère.

- On se disputera un autre jour. Simone a disparu ! Elle est partie pour un rassemblement des Eclaireurs dans le Nord et on ne sait pas où elle est.

Ça y'est Brahim n'a plus son visage fâché. Il a maintenant une tête inquiète. Je continue :

- Ton frère policier, il faut qu'il nous aide à la retrouver. Quelqu'un l'a peut-être enlevée !

- Ah maintenant tu as besoin de Mohamed, celui-là que tu l'as traité de traître !

Il ne peut pas me faire ça. C'est trop grave.

- On ne sait pas où est Simone… c'est ma sœur et…

On se fixe tous les deux. Je me suis trompé. Je le vois dans ses yeux froncés, Brahim ne m'aidera pas.

Je pars en courant sans terminer ma phrase. Je suis déçu. Cette fois-ci, je ne lui pardonnerai jamais, même pas à *Kippour**. C'est définitivement, complètement, absolument terminé entre lui et moi. Nous ne serons plus jamais copains.

Je rentre à la maison, triste et en colère. Je vais voir Odette dans sa chambre. Elle pleure. Elle sait pour Simone. C'est étonnant car elle fait aussi partie du clan « trop petit pour comprendre » pour mes parents. Moi aussi, j'ai envie de pleurer mais j'essaie de me montrer fort pour elle. Je la prends dans mes bras et on ne se dit rien. Il n'y a rien à dire.

21

Simone s'est évaporée comme de l'eau quand il fait chaud. C'est l'angoisse maximum. Elle était au rassemblement des Eclaireurs et un matin, elle et une autre jeune fille n'étaient plus dans leur chambre. Depuis deux jours, mes parents passent leur journée au téléphone à appeler de la famille et des amis à Tanger, à Rabat et à Casablanca en espérant trouver la personne qui pourra nous aider à savoir où elle est.

J'essaie de faire marcher mon pouvoir tous les jours. Je répète des tonnes de fois : « je veux que Simone revienne à la maison en bonne santé ». Mais pour le moment, ça ne marche pas. J'ai essayé de le dire différemment avec des synonymes. « Je veux que Simone ré-habite à Safi avec nous sans maladie ». Mais pas d'effet non plus pour le moment.

Mes parents font une tête d'enterrement mais officiellement, tout va bien. Anna a demandé ce qui se passait quand nous étions à table, et mon père a répondu :

- Rien qui ne vous intéresse.

Même si Anna se prend pour une grande parce qu'elle a un an de plus que moi, elle n'a pas encore l'âge pour qu'on réponde à ses questions.

- C'est les céréales du travail de papa ? Il n'y a pas eu assez de pluie ? Elle demande.

- Non tout va bien.

- C'est Odette alors ? insiste-t-elle.

- Moi je vais bien ! fait Odette.

- Rien qui ne vous intéresse ! répète mon père agacé.

La disparition de ma sœur ! Rien qui ne nous intéresse ! Mes parents et leur secret pas vraiment secret puisque c'est marqué sur leur visage que quelque chose ne va pas. Odette m'a expliqué qu'ils faisaient ça pour nous protéger, pour ne pas qu'on soit tristes, mais leur méthode ne marche pas. Ni pour moi, ni pour Anna qui n'est au courant de rien mais qui a les larmes aux yeux.

Je repense à cette discussion que j'ai écoutée sous la table entre Simone et tata Raquel. Est-ce que ça aurait changé quelque chose si j'en avais parlé à mes parents ? Ils auraient peut-être enfermé Simone dans sa chambre et elle ne serait pas partie. La connaissant, elle serait passée par la fenêtre. Et puis moi je ne suis pas comme Anna, je ne suis pas un rapporteur. □

Quand je rentre de l'école ce jour-là, tata Raquel est dans le salon avec mes parents. Ils discutent autour d'un thé à la menthe. Mon père n'est pas allé travailler. Je dis bonjour à tout le monde.

- Ma parole, il est de plus en plus beau ce gosse ! s'écrie ma tante. Ces yeux malicieux, c'est le côté Benshimon, c'est certain.

Elle me voit presque tous les jours depuis que Simone a disparu mais c'est maintenant qu'elle remarque que je suis beau. Je vois bien que c'est pour faire plaisir à mes parents qu'elle dit ça et pour faire comme si tout était normal.

- Quand je pense que celui-là, il criait plus fort que le *Muezzin** quand il était petit !

Mes parents se forcent à sourire.

- Va faire tes devoirs dans ta chambre, me dit ma mère.

Mais comme d'habitude, je me mets juste en haut des escaliers pour écouter les dernières nouvelles sur Simone. Tata Raquel explique :

- Il faut alerter la presse, la radio et le plus de personnes possible. Quelqu'un doit bien savoir quelque chose sur cette disparition ! La police dit qu'elle ne sait rien et elle ne fait pas grand-chose pour nous aider. Si l'opinion s'en mêle, ça leur mettra la pression.

- Tu crois que c'est lié au fait qu'elle est juive ?

- Je ne crois rien !

- Les arabes nous en veulent ! fait mon père. Ils confondent juifs et sionistes ! Elle a peut-être été tuée juste parce qu'ils pensaient qu'elle était sioniste !

- Ne dis pas de bêtise Max ! fait ma tante en claquant sa langue sur son palais.

Ma mère a du mal à supporter cette discussion. Tata Raquel lui prend la main et lui explique :

- Ruby, tu vas te rendre à Casablanca. Nous avons un contact au journal *Le Monde*. Il est d'accord pour te recevoir. Tu dois le convaincre d'écrire un article sur la disparition de Simone. Aviva Abitbol, viendra avec toi. Sa fille a aussi disparu. Vous irez seules, sans vos maris. Deux femmes qui recherchent leurs filles disparues, c'est déjà un titre d'article. Ça aura encore plus d'effet sur le journaliste.

- Je dois aller à Casa sans Max ?

- C'est préférable.

Ma mère se tord les mains dans tous les sens. Je ne vois pas son visage d'où je suis mais je l'imagine. Ses yeux doivent être entièrement recouverts de peur. Pourtant elle dit :

- Très bien. Je pars demain.

Mon père ne fait pas de commentaire. Il est d'accord. Tata Raquel a l'air de savoir ce qu'il faut faire.

Maintenant, j'en suis certain, Raquel est une espionne. Une espionne femme, super ridée, mais qui est peut-être capable de sauver ma sœur. Elle ment quand elle dit qu'elle passe ses journées à faire des gâteaux comme toutes les vieilles de son âge. Je serai peut-être espion comme elle quand je serai plus grand. Jacob, le plus grand espion du monde. Pas mal. C'est peut-être mieux que Messie, finalement. Raquel pourra me donner des tuyaux puisqu'elle connaît le métier.

Tata part. Je retourne dans ma chambre. Je dois faire des exercices de mathématiques pour demain. La porte sonne. Ma mère crie mon nom. Je descends les escaliers. Je suis très surpris de le voir. C'est Brahim. Ma mère lui propose un verre de thé et un gâteau qu'elle a sorti pour Raquel. Il refuse et on sort. On s'assoit sur les marches devant la maison. S'il est venu pour des excuses, je ne suis pas prêt à les accepter.

- J'ai parlé à Mohamed pour Simone.

D'un coup, je suis beaucoup moins fâché. Il continue :

- Il a fait une enquête. Elle n'est pas à Safi.

Ça je le savais déjà.

- Mais il a un copain policier à Tanger et un autre à Casablanca. Il va les prévenir. Il connaît beaucoup de monde dans la police.

Je le remercie. Il y a un silence. Je n'ai plus envie qu'on se dispute. C'est moi qui parle en premier :

- Je voulais te dire… pour la dernière fois. Je… enfin, j'étais en colère et… Pardon. Je n'aurais pas dû dire que ton frère était un traître.

Brahim fait comme si de rien n'était. Il me dit rapidement :

- *Smehlya**. On fait une partie ?

J'en meurs d'envie. Et voilà ! Brahim et moi,

c'est comme avant. Je préfère.

***

Le soir à table, Anna demande :

- Et Simone, quand est-ce qu'elle rentre à la maison ?

Mes parents se regardent. On se regarde avec Odette. Et c'est mon père qui prend la parole.

- Simone ne va pas rentrer tout de suite. Elle a encore du travail pour la préparation des camps d'été.

Jusqu'à quand vont-ils mentir ?

Pendant tout le repas, ma mère est nerveuse. Elle n'arrête pas de se lever pour aller chercher des choses à la cuisine. Elle ne fait presque pas attention à mon assiette pour une fois. Juste avant le dessert, elle finit par trouver le courage de nous annoncer cet énorme mensonge :

- Demain, je vais à Casablanca avec la voiture pour aider Jacqueline à décorer son salon. Je reviens dans deux jours. C'est Myriam qui vous emmènera à l'école.

Personne n'y croit mais personne ne fait de commentaires. Ça ne sert à rien non plus de poser des questions. On connaît déjà leur réponse. Nous sommes trop petits pour comprendre.

22

Mercredi après-midi. C'est très rare que ma mère voyage sans mon père. Elle est sur le point de partir à Casablanca avec madame Abitbol. Elles se connaissent un peu seulement car elles ont des connaissances en commun. L'une est aussi angoissée que l'autre. Le mari de Madame Abitbol l'a déposée chez nous car c'est ma mère qui va conduire. Elles n'arrêtent pas de parler toutes les deux. Je suis bien content de ne pas être dans la voiture avec elles. Juste avant qu'elle s'installe dans la voiture, je serre ma mère très fort dans mes bras pour lui donner du courage. Elle y prend goût et elle ne veut plus me lâcher. Même si elle pense que je ne sais rien à propos de cette histoire ou du moins que je ne comprends rien, je lui chuchote :

- Ne t'inquiète pas maman. Tout ira bien.

Elle me serre encore plus fort.

Mon père lui fait des recommandations pour la route et pour le chemin qu'elle doit prendre. On reste devant la grille de la maison jusqu'à ce que la voiture disparaisse. Ça me rend triste de la voir partir. Je vais dans la chambre d'Odette et je reste avec elle.

La porte sonne. Aïcha ouvre et crie mon nom. C'est Brahim. On s'assoit sur les marches devant chez moi.

- Mon frère n'a pas encore de nouvelle de ta sœur. Mais il a un copain qui a un copain qui travaille pour le Roi. Il est gardien de la porte et il empêche les terroristes de rentrer dans le Palais Royal. Il connaît tout le monde là-bas. Mon frère pense qu'il peut nous aider.

- Tu diras merci à ton frère.

- Mohamed est comme ça ! Il aide les gens !

- Ma mère est partie à Casablanca tout à l'heure. Elle doit parler aux journalistes pour qu'ils écrivent un article sur Simone.

- A quoi ça sert qu'on parle d'elle dans le journal ?

- Ben tout le monde lit le journal. Ils vont mettre sa photo avec un texte et si des gens la reconnaissent dans la rue, ils iront voir la police.

- *Inch'allah** ça va marcher. On bouge ?

On va dans le champ derrière chez moi. On a chacun un bâton en main et on parle. Soudain, Brahim butte sur quelque chose et tombe parterre.

- Tu ne t'es pas fait mal ?

Je suis tellement habitué que je ne suis même plus étonné. Il s'est éraflé le genou mais il se relève comme si de rien n'était.

- *Chouf** ! Il y a un petit oiseau blessé. Je ne voulais pas l'écraser.

Je me penche.

- Le pauvre, je dis. Tu crois qu'il a mal ?

- Il faut qu'on essaie de réparer son aile. Donnons-lui d'abord à manger.

- Viens on va chercher du lait chez moi. Ma mère dit que c'est bon pour les os. Ça doit être bon pour les ailes aussi.

Avec Brahim, on ramasse des feuilles et des petits bouts de bois pour créer un nid à l'oiseau. Une fois qu'il est bien installé, on court dans la maison et on rapporte un grand verre de lait avec un morceau de biscotte. C'est facile de faire des miettes avec des biscottes. Mais quand on revient, le petit oiseau ne bouge plus et ne fait plus aucun bruit. On lui donne des petits coups tout doucement pour le réveiller mais en fait il est totalement mort.

Je ne suis pas un pleurnicheur comme ces filles à l'école qui pleurent pour rien. Mais là, j'ai les larmes qui se mettent à couler toutes seules. Pour l'oiseau, pour ma sœur disparue, et pour ma mère qui vient de partir à Casa. Ça fait beaucoup de raisons. Brahim en me voyant, commence aussi à avoir envie de pleurer. Avec ses longs cils, ça se voit tout de suite quand ses yeux sont mouillés. Il dit :

- Tu vois, quand je serai grand, je serai réparateur de tout. Des voitures, des hommes, des poteries, des chaussures, et des oiseaux.

On attend en silence tous les deux devant l'oiseau en espérant qu'il se réveille d'un coup. Mais il est aussi immobile qu'une peluche.

- On l'enterre ? demande Brahim.

Je fais oui de la tête en reniflant.

On creuse un petit trou avec des bouts de bois. On fait glisser l'oiseau dedans et on le recouvre de petits cailloux. Puis on pose les deux bouts de bois en forme de croix de Jésus. On ne s'est même pas posé la question, mais pour nous c'est évident, cet oiseau n'est ni juif, ni musulman. Il est catholique.

Brahim et moi, on n'a jamais assisté à un vrai enterrement.

- On devrait lui chanter une chanson. Tu connais Frère Jacques ?

On se met à chanter tristement tous les deux. Puis on le laisse reposer en paix.

Quand je rentre chez moi, je n'ai plus une miette d'énergie. Je n'ai pas le temps de m'allonger cinq minutes sur mon lit que nous passons à table.

Bien entendu, ma mère a prévu tous les repas avec Aïcha pour les deux jours où elle ne sera pas à la maison. Ce qui est bien avec mon père, c'est qu'il ne fait pas attention à mon assiette.

Après le repas, il fume cigarette sur cigarette en

attendant l'appel de ma mère.

Le téléphone finit par sonner. Je reste dans les escaliers pour écouter.

- Oui, ils ont bien mangé… Oui, Jacob a fini son assiette. Non je n'ai pas vérifié sous la table. Bon Ruby, on ne va pas mourir de faim parce que tu n'es pas à la maison ! Donne-moi plutôt des nouvelles !

Mon père a monté un peu le ton, c'est le seul moyen de calmer ma mère, parfois.

- Ah, c'est bien. Mais vous avez rendez-vous avec le journaliste à quelle heure ? Mmh. Mmh. Il vaut mieux que tu ailles voir la police après… oui… non… Même si madame Abitbol n'est pas d'accord. Raquel a dit qu'il faut alerter le plus de monde possible…. Calme–toi Ruby ! Calme-toi !

Ma mère doit parler super vite à l'autre bout du fil car mon père a du mal à en placer une.

- Allez ma chérie, essaie de dormir un peu et embrasse Jacqueline pour moi. J'attends ton appel demain.

Il raccroche et il pousse un grand soupir. Je descends le voir.

- Ça va papa ?

- Ça va mon fils. Ta mère est bien arrivée à Casa. Par miracle, elle ne s'est même pas perdue. Elle va bien. Elle t'embrasse et Jacqueline aussi. Ça avance bien leur projet de décoration, je crois.

- Et Simone ?

Bien que ce soit le sujet qui occupe toute sa tête, il ne s'attend pas à cette question. Il ne sait pas quoi me répondre, alors c'est moi qui parle.

- Je sais que Simone a disparu. Mon copain Brahim a demandé à son frère qui travaille dans la police de nous aider à la retrouver.

Mon père me regarde comme si son fils de neuf ans et demi presque dix, que lui et ma mère considèrent comme un enfant de quatre ans, s'était transformé en adulte de vingt ans. C'est trop d'années en plus d'un seul coup pour lui. Il a les yeux brillants. Dans un moment de faiblesse, il oublie qu'on ne raconte pas aux petits les problèmes des grands et il m'explique :

- Ta sœur a toujours voulu sauver le monde, mais elle a souvent fait n'importe quoi. Elle agit sans réfléchir aux conséquences ! On a sûrement été trop durs avec elle, ta mère et moi. Ou alors pas assez. Enfin, on n'a pas dû faire ce qui fallait. Quelle bêtise elle a bien pu faire ? Même si on doit ratisser le Maroc au peigne fin, on va la retrouver.

- Oui, on va la retrouver ! Je lui confirme pour le rassurer.

- Tu diras encore une fois merci à Brahim. Je l'aime bien ce garçon ! Tu devrais l'inviter à dîner avec ses parents quand toute cette histoire sera finie. Allez, va te brosser les dents. C'est bientôt l'heure d'aller au lit.

Il est tard. Je suis censé dormir depuis au moins une heure car j'ai école demain mais j'ai entendu la porte sonner. C'est tata Raquel, l'espionne. J'ai reconnu sa voix. Je me suis mis en haut de l'escalier. Si elle débarque chez nous à cette heure tardive, c'est qu'elle a une information importante à donner à mon père. Je l'observe. Avec son tailleur vert, et ses cheveux bien coiffés, personne ne pourrait imaginer qu'elle n'a rien à voir avec les autres femmes de son âge. Elle cache bien son jeu.

- Aïcha est partie mais je peux te faire un thé ou un café si tu veux.

- Tu sais faire ça, toi ? Ruby t'a appris ?

- Je suis autodidacte ma chère !

Je ne connais pas ce mot. Mais ça les fait rire, donc ça doit être un mot drôle.

- Merci, je ne vais pas rester longtemps. Je suis venue prendre de tes nouvelles et te dire que j'ai réussi à avoir un rendez-vous avec une personne qui pourra certainement nous aider. Demain matin, tu appelles Ruby et tu lui dis d'aller voir monsieur Amrou à 12h30. Je t'ai marqué son adresse sur ce bout de papier. C'est un proche du Roi. Si on a son soutien, on va vite savoir ce qui lui est arrivé.

Mon père range précieusement le bout de papier sous le téléphone.

- Bon. Je crois qu'il est temps que tu m'expliques certaines choses.

- Je n'ai rien à t'expliquer.

- Raquel, je ne suis plus un enfant.

Il insiste et elle finit par lui avouer qu'elle fait partie de la *Misgeret*. Il n'en a jamais entendu parler. Je crois qu'elle ne l'a dit à personne dans la famille. La *Misgeret*, c'est des gens secrets, qui défendent les juifs du Maroc au cas où ils auraient des problèmes. C'est Israël qui a créé cette organisation quand le président d'Egypte a dit qu'il était en guerre avec l'ennemi juif. Pourtant, il n'y a aucune guerre entre les juifs et les marocains à Safi. Avec les arabes, comme avec les français, on s'entend bien et on s'est toujours bien entendus. Papi Prosper m'a dit que ses grands-parents habitaient déjà Safi. On est là depuis des siècles !

Il y a d'autres membres de la *Misgeret* à Safi mais Raquel n'a lâché aucun nom. Elle est en contact régulier avec Israël, même si c'est complètement interdit.

Mon père a dû promettre qu'il n'en parlerait à personne, pas même à ma mère. Il lui pose beaucoup de questions. Parfois Raquel lui dit qu'elle ne peut pas répondre. Parfois, elle lui donne des réponses vagues. La *Misgeret* recherche activement Simone dans tout le pays. Apparemment ma sœur connaissait très bien cette association. Même mieux, elle en faisait partie. Et c'est là qu'arrive la meilleure question :

- Quel genre de mission faisait-elle pour la *Misgeret* ?

Raquel refuse de répondre une nouvelle fois.

- Max, l'organisation fera tout ce qu'il faut pour la retrouver et la protéger. L'essentiel est qu'on sache ce qui lui est arrivé.

Mon père s'énerve.

- Réponds à ma question Raquel ! Est-ce qu'elle faisait quelque chose d'illégal ? Tu penses qu'ils l'ont arrêtée ? Réponds-moi ! C'est ma fille !

Raquel reste silencieuse un moment qui semble interminable. Elle hésite. Elle soupire. Et elle répond :

- Oui, c'est possible qu'elle soit en prison quelque part.

Je sursaute. Odette vient de me chuchoter à l'oreille :

- Tu es encore en train d'écouter les conversations des adultes ! chuchote-elle. Qu'est-ce que tu as appris de beau ?

- Chut ! Je te dirai après. Ecoute !

Mon père réagit mal :

- Mais comment tu as pu laisser faire une chose pareille ! Ma fille ! Tu aurais dû refuser Raquel ! Tu n'avais pas le droit !

- Max, ta fille a vingt ans ! Elle savait exactement ce qu'elle faisait. Nous ne lui avons rien proposé, c'est elle qui a voulu participer. Fais lui confiance ! Fais nous confiance !

- En prison ! répète–t-il. Ma fille est en prison !

- Si c'est le cas, on va vite la retrouver. Mais encore une fois, on n'est sûrs de rien ! On a perdu sa trace. Personne n'a rien vu. Personne ne parle. La police ne se prononce pas. On n'arrive pas encore à comprendre ce qui s'est passé. Elle a disparu du jour au lendemain sans que personne ne s'aperçoive de rien. C'est un vrai mystère.

- Ma fille… Ma petite fille…

- Ta petite fille est une femme forte. Tu peux être très fier d'elle. Elle est courageuse et très débrouillarde. La *Misgeret* a toujours été très satisfaite de son travail.

Mon père se calme. Raquel annonce qu'elle rentre chez elle. Je dis à ma sœur :

- Viens, on va dans ta chambre. Je vais te raconter.

Je lui parle de la *Misgeret.* Je lui explique tout ce que j'ai compris. Je suis content car pour une fois, c'est moi qui lui apprends quelque chose. Et puis en voyant sa tête qui n'est pas surprise, je m'aperçois que je ne lui apprends rien du tout. Elle sait déjà tout.

- Tu étais au courant ?

Elle hausse les épaules.

- Tu savais qu'elle faisait partie de la *Misgeret* ?

- Oui.

Je n'en crois pas mes oreilles !

- Toi aussi, tu travailles pour eux ?

- Non, j'ai quatorze ans, je te rappelle !

- Mais pourquoi, tu ne l'as pas dit aux parents que tu savais ?

- Qu'est-ce que ça aurait changé ? Raquel s'occupe de tout.

- Elle n'est pas partie avec les Eclaireurs pour préparer les vacances d'été ?

- Si, mais pas seulement. La préparation des vacances durait seulement deux jours.

- Comment ça pas seulement ? Qu'est-ce

qu'elle a fait après ?

- Elle avait une autre chose à faire.

- Raquel a dit qu'elle pouvait être en prison. Mais qu'est-ce qu'elle a fait ?

- Je ne peux pas te le dire Jacob. Simone n'était même pas censée me le dire.

- Odette, dis-le-moi ! Je t'en supplie. Je sais garder un secret. J'ai écouté une discussion entre Raquel et Simone avant qu'elle parte et je ne l'ai dit à personne ! Pas même à toi. Dis-le-moi !

Pendant un moment, je suis sûr qu'elle ne va rien me dire. J'ai décidé de ne pas la lâcher. Je lui poserai la question jusqu'à ce qu'elle me réponde. Et finalement, elle se met à parler.

- Jacob, je te fais confiance. Si tu me trahis, je ne te raconterai plus jamais rien, et pire, je ne t'adresserai plus jamais la parole !

- Promis.

Elle met un temps et puis elle dit :

- Elle aidait les juifs du Maroc à partir en Israël.

JE NE VEUX PAS PARTIR

Juin 1967

23

Quand mon père nous a accompagnés ce matin à l'école, nous étions déjà en retard, mais il a croisé son ami Albert et on a été encore plus en retard car ils ont commenté ce qu'ils avaient entendu à la radio et lu dans les journaux. Mon père est persuadé qu'il va y avoir la guerre entre Israël et l'Egypte. Et s'il y a la guerre, c'est mauvais pour tous les juifs du Maroc, même ceux de Safi. Il n'a pas parlé de Simone, car Anna et moi, on entendait tout. Albert lui a juste demandé en arabe s'il y avait du nouveau, sans donner plus de précision.

- *Walou** a répondu mon père.

- Passe me voir après avoir accompagné les enfants. C'est moi qui te paierai le café !

- Si c'est toi qui paies, alors, je viens !

A l'école, c'est encore plus difficile que d'habitude d'écouter la maîtresse, madame Sebag.

Je regarde les traces de saleté sur le mur blanc de la classe et je pense à plein de choses sauf à ce qu'elle raconte. Simone aidait les juifs à aller en Israël. Mais pourquoi, elle a fait ça ? Odette m'a expliqué que le parti politique de l'Istiqlal a convaincu le Roi d'interdire les coups de téléphone et les lettres envoyées en Israël. Plus aucun juif marocain n'a le droit d'aller là-bas. Simone a d'abord participé à la fabrication de faux papiers, car c'est pas facile d'avoir un passeport pour sortir du pays. Ça prend beaucoup de temps. Et dernièrement, elle s'occupait d'organiser le long voyage du Maroc vers la France puis vers Israël. Ce qui est totalement interdit.

Cette histoire m'embête pour plusieurs raisons. Raison numéro un : je pensais que ce serait moi le héros de la famille quand je deviendrais Messie ou espion. Pas ma sœur. Ça ne m'intéresse pas du tout d'être le petit frère de la sœur qui sauve des gens. Raison numéro deux : je ne veux pas que les juifs partent du Maroc. S'ils partent tous en Israël et qu'il n'en reste plus, c'est sûr que mes parents voudront partir eux aussi. Raison numéro trois : Il y a de grandes chances que Simone soit en prison. J'ai peur pour elle.

Madame Sebag n'est pas très grande et un peu voutée. Elle a des lunettes avec des verres épais. Par chance, je ne suis pas assis au premier rang. Elle ne peut pas voir que je n'écoute rien de ce qu'elle raconte depuis ce matin. Monsieur

Tobelem avait même des yeux derrière la tête quand il écrivait au tableau. Quand je pense à ce que je lui ai fait !

Pendant qu'elle explique le passé composé, j'imagine que je suis grand comme un adulte. Je vais à Casablanca avec une épée et je n'ai même pas besoin de m'en servir. Dès qu'ils me voient, les policiers me saluent comme si j'étais super connu. Je leur ordonne de libérer ma sœur immédiatement et ils obéissent. Et je ramène Simone à Safi. Tout le monde me remercie. Partout dans la rue, les gens parlent de moi et de mon courage. Le soir, on passe à table, mon père fait des blagues, ma mère surveille les assiettes et ressert tout le monde et on est tous heureux comme avant.

Après le passé composé, on passe à la géographie. Elle nous interroge sur les capitales. Normalement je suis très bon grâce à mon père et à son petit jeu. Mais là, j'ai un gros trou de mémoire. Impossible de me souvenir de la capitale du Vietnam. Et j'ai confondu la capitale de l'Irlande et de l'Allemagne. Madame Sebag me demande de réviser car je serai interrogé demain aussi.

Sur le chemin du retour de l'école, Brahim m'a rejoint et je lui ai demandé :

- Tu as écouté les informations à la radio ?

- Oh non ! C'est trop ennuyeux !

- Mon père a dit qu'il allait bientôt y avoir une guerre entre l'Egypte et Israël.

- Ah bon ?

Brahim n'en a rien à faire.

- T'es pour qui toi ?

- Ben pour l'Egypte.

- Moi je suis pour Israël. Le président de l'Egypte a dit que tous les juifs du monde étaient des ennemis. Ça veut dire que tu penses comme lui, si tu es pour l'Egypte.

- Ben non, puisque t'es mon copain. Bon, on joue ?

On commence une partie d'osselets. Puis il me demande :

- Pourquoi tu n'utilises pas ton pouvoir pour la faire revenir ta sœur ?

- J'ai essayé. Ça met plus de temps cette fois.

- Tu n'as peut-être plus de pouvoir ?

Il m'énerve. Il se moque de moi.

- J'arrête de jouer ! Je rentre chez moi.

- Oh non ! On finit la partie au moins !

- Non je rentre ! Mon père doit déjà être à la maison pour attendre le coup de téléphone de ma mère.

Il essaie de se rattraper.

- Tu as raison, ton pouvoir met un peu plus de temps à marcher, parce que c'est plus difficile.

- A demain.

Je ne sais pas ce qui m'ennuie le plus : que Brahim ait raison ou qu'il ne me croie pas.

Anna m'a rejoint en haut de l'escalier. On écoute tous les deux mon père qui est au téléphone avec ma mère. Elle a vu le journaliste du journal Le Monde aujourd'hui. Elle a aussi rencontré le Consulat Français et elle a parlé au chef de la police de Casablanca. Elle est allée au rendez-vous que Raquel lui avait donné chez monsieur Amrou. Maintenant il faut attendre.

Anna, avec qui je ne parle que pour me disputer d'habitude me dit :

- J'espère que papa et maman auront assez d'argent pour payer la rançon.

- La rançon ?

- Oui Simone a été enlevée. Ses kidnappeurs vont certainement demander de l'argent à papa et à maman.

- Mais c'est qui ces kidnappeurs ?

- Ben si on le savait, la police irait la chercher et on les arrêterait.

- Qui t'a raconté ça ?

- Je le sais ! Je l'ai déduit par moi-même.

Bon, il lui manque l'épisode d'hier soir.

- Simone a sûrement été arrêtée par la police.

Anna préfère sans doute son histoire, mais elle n'a pas le choix. Elle est paniquée.

- Mais si c'est la police qui l'a arrêtée, qui va la sauver ?

Sa question a un effet immédiat. Je file dans ma chambre et j'utilise mon pouvoir de toutes mes forces. Encore plus fort qu'hier et qu'avant-hier. Il faut que ça marche, pour Simone, pour mes parents et aussi pour montrer à Brahim.

JE NE VEUX PAS PARTIR

24

Ma mère est enfin revenue de Casablanca. Le journaliste était très sympathique d'après elle. C'est un français qui travaille à Casablanca. Très élégant. Très cultivé. Il a posé beaucoup de questions sur Simone. Connaissant ma mère, elle a dû lui dire que sa fille était extraordinaire. Elle a dû oublier de préciser que Simone était un peu plus casse-pied que la moyenne et qu'elles deux passaient leur temps à se disputer. Il a promis d'écrire un article qui paraîtra dans *Le Monde* dès lundi prochain. Ça a redonné de l'espoir à tout le monde. Et il en fallait. Elle est également allée voir ce monsieur Amrou qui est un proche du Roi. Il semblerait que Raquel et lui étaient amoureux quand ils étaient plus jeunes. Il l'a fait attendre une heure avant de la recevoir. Mais finalement, il lui a promis qu'il ferait jouer ses relations pour nous aider. Ma mère s'est très bien entendue avec madame Abitbol. Elles ont prévu de se revoir quand toute cette histoire sera terminée. Elles se promettent de s'appeler si l'une d'elle apprend quelque chose.

Aujourd'hui, on est samedi. On ne va pas à la plage car mon père doit aller à la synagogue. Il veut absolument que je l'accompagne, moi et pas mes sœurs, parce que je suis un garçon. Je n'ai pas très envie mais il ne me laisse pas le choix. Il n'a pas envie d'y aller tout seul.

Toute la communauté sait que Simone a disparu. Mon père connaît presque tout le monde. Il salue le Rabin Moshé.

- Je suis content de te voir Max. Et tu es venu avec le grand Jacob ! C'est très bien ça ! On va tous prier pour qu'elle s'en sorte.

Sami, mon copain de classe est assis dans le fond à côté de son père. Ses parents sont pratiquants donc il vient à la synagogue tous les samedis.

- Salut ! Je lui dis.

- Salut !

- T'arrives à suivre ?

- Je fais semblant.

- C'est encore long ?

- Très long ! Tout le monde dit que ta sœur est très courageuse.

- Pourquoi ils disent ça ?

- Chut !

Le Rabin n'aime pas qu'on parle pendant la

prière. On chuchote encore plus bas.

- Je ne sais pas trop. J'ai entendu mon père dire qu'elle avait aidé des familles à aller en Israël.

Je n'en reviens pas qu'il soit au courant.

- Pour une fille en plus, c'est fort ! Il ajoute.

Simone est donc déjà une célébrité à Safi ! Je ne peux pas m'empêcher d'être en colère contre elle. Elle ne sait faire que des bêtises pour embêter mes parents et leur causer du souci. Elle veut partir du Maroc alors que moi je veux rester à Safi. Pourtant, je regarde les gens prier autour de moi, et ça me fait du bien de savoir qu'ils prient pour elle.

L'odeur de la *dafina* que ma mère a préparée se sent jusque dans la rue. On est revenus à pied de la synagogue et je meurs de faim. Raquel déjeune avec nous. Les adultes prennent d'abord l'apéritif dans le salon arabe et en profitent pour discuter des sujets dont ils ne pourront pas parler à table quand il y aura les enfants. Ma tante est confiante :

- On attend avec impatience lundi pour voir cet article dans le journal ! Ça va faire réagir l'administration marocaine. Ils seront obligés de nous dire où est Simone s'ils le savent.

- Amen ! fait ma mère.

- Ne vous réjouissez pas trop vite, fait mon père. Tout le monde dit que les relations entre Israël et les pays arabes n'ont jamais été aussi tendues. Il va y avoir la guerre, il n'y a plus de doute.

- On n'a vraiment pas besoin d'une guerre en ce moment, dit ma mère, inquiète.

C'est bizarre de dire ça. Je me demande qui pourrait avoir besoin d'une guerre.

***

Lundi 5 juin. Je ne suis pas prêt d'oublier cette date. Je m'habille pour aller à l'école. J'entends du bruit en bas. Mon père est déjà levé alors que d'habitude il dort plus tard. Je me dis qu'il veut certainement aller acheter *Le Monde* à la première heure. Je me débarbouille le visage, et c'est alors qu'Odette vient me voir affolée.

- C'est la guerre en Israël, Jacob !

J'ai de l'eau plein la figure. Je la regarde. Mes parents ont raison. Je suis trop petit pour comprendre car cette information ne me fait rien du tout. Elle continue :

- Israël a attaqué l'Egypte. Tous les pays arabes sont en train de s'unir contre Israël.

Je ne réponds toujours rien. Je ne sais pas ce qu'on doit répondre quand on nous annonce que c'est la guerre. On ne m'a pas appris. Je descends prendre mon petit déjeuner. La radio est à fond dans la cuisine.

« La grande bataille se déroule au Sud et elle oppose les chars égyptiens aux chars israéliens. L'Egypte a tout de suite pris l'avantage sur l'ennemi. »

Mes parents font des bruits d'inquiétude. On

n'a pas le droit de dire un mot car on pourrait louper une information importante. Mon père change de station de radio et réécoute la même chose sur une autre station. Il doit attendre ce soir pour écouter la radio *Kol Israël*, qu'on n'a pas le droit d'écouter. Pendant ce temps, je mange mes tartines.

- Je vais acheter le journal, fait mon père.

Ma mère est sens dessus dessous. En plus de se faire du souci pour Simone, elle doit se faire du souci pour les juifs en Israël.

- Allez dépêchez-vous, on part pour l'école !

Mais elle ne trouve pas les clés de la voiture. Quand elle finit par mettre la main dessus, on a déjà quinze minutes de retard.

A l'école, les grands ne parlent que des combats. Madame Sebag les surprend en train de jouer à la guerre pendant la récréation. Elle les punit.

- La guerre, ce n'est pas un jeu !

Ils doivent faire cinquante lignes d'écriture. Elle est de très mauvaise humeur. Ça doit être à cause des informations.

Après l'école, je vois Brahim. Il est bizarre.

- Que se passe-t-il ?

- *Walou**.

On marche ensemble jusqu'à chez moi.

- Pourquoi tu ne parles pas ? Je demande.

- Ben j'ai rien à dire. T'as qu'à parler toi !

- C'est à cause de la guerre en Israël ?

Il hésite à répondre.

- Mon père, il a dit que les arabes allaient se débarrasser des juifs.

- Qu'est-ce qu'il en sait ton père ? Je lui lance, méchamment.

- Il dit que vous les juifs vous avez volé un pays. Vous vous êtes installés et vous avez chassé les gens qui habitaient là-bas.

Je suis embêté. Comme personne ne m'explique jamais rien, je ne suis pas au courant de cette histoire, qui me paraît louche. Comment on peut voler un pays à quelqu'un ?

- Ben en tout cas, les juifs du Maroc, ils n'ont rien volé à personne ! Et en plus, je ne les connais même pas les juifs d'Israël. Tu connais les musulmans d'Egypte, de Syrie et de Jordanie, toi ? Tu as de la famille là-bas ?

- Ben non.

- Toi et moi, on est marocains. On n'a rien à voir avec ces gens-là !

- Il a dit aussi que… il espère que le Maroc va faire la guerre. Ma mère lui a dit qu'il était fou et qu'elle espérait qu'Allah nous protégerait tous. Ils se sont disputés.

Cette discussion m'énerve.

- Est-ce que ça veut dire que ton père, il n'aime pas les juifs ?

Brahim ne répond pas.

- Et toi, si ça se trouve tu n'aimes pas les juifs et tu fais semblant avec moi !

- N'importe quoi ! Moi, je m'en fiche ! Si j'aimais pas les juifs, je ne jouerais pas avec eux aux osselets !

On se fixe. Je suis à deux doigts de me fâcher avec lui. En même temps, ça ne fait pas si longtemps qu'on s'est réconciliés.

- Bon, allez viens on fait une partie.

Quand je rentre chez moi, la radio est toujours allumée. Mon père est au travail mais ma mère est à la cuisine avec Aïcha en train de boire le thé. Elle a le visage tout creusé. C'est comme si cette histoire l'avait rendue plus vielle. Je ne comprends pas tout car elles parlent arabe, Aïcha lui raconte qu'elle a trouvé la pastèque à un bon prix chez un marchand du souk.

Je regarde Aïcha. Je la connais depuis toujours. C'est elle qui s'occupait de moi quand j'étais bébé. Elle a vieilli elle aussi. Elle a un visage tout rond. Elle a un tatouage sur le front et dehors, elle porte un foulard sur la tête. Presque tous les jours, quand ma mère n'a pas d'invités ou qu'elle ne sort pas, elles prennent le thé ensemble et elles discutent.

Je me demande si elle aussi espère que le Maroc entre en guerre contre Israël. Est-ce qu'elle aime tous les juifs ou seulement nous ? Et Myriam et son mari, les voisins que mes parents invitent souvent ? Est-ce qu'ils pourraient se mettre à détester les juifs du jour au lendemain ?

Je vais voir Odette dans sa chambre et je lui demande des nouvelles de Simone :

- Tu as entendu quelque chose aujourd'hui ?

- L'article dans *Le Monde* n'est pas encore paru. Les journaux ne parlent que de la guerre au Moyen Orient.

- Elle tient le coup maman ?

- Bof.

- Pourquoi tout le monde parle de la guerre ? Israël, l'Egypte, et les autres pays arabes, c'est tellement loin de Safi.

- Mais Jacob, Israël c'est le pays des juifs. Quand il est attaqué, c'est comme si on nous attaquait. Et si Israël attaque les pays arabes, ça énerve les marocains aussi.

- Est-ce que le Maroc va faire la guerre aussi ?

- Les autres pays arabes aimeraient bien. Mais ce serait une catastrophe pour nous. Ça deviendrait très dangereux.

- Combien de temps ça dure une guerre ?

- Ça dépend. Ça peut être très long. La deuxième guerre mondiale a duré six ans. La première guerre mondiale quatre ans.

- Mais c'est super long !

- Il n'y a pas de règle.

- Est-ce que tu penses que les arabes ne nous aiment plus ?

- Je ne sais pas, mon Jacob.

Elle me fait peur. Si on n'est plus en sécurité, nous partirons du Maroc, c'est sûr.

Ce soir à vingt heures, mon père a baissé les volets et mes parents ont écouté la radio israélienne. Ça les a rassurés. Israël a remporté une première victoire aussi bien dans les airs que sur terre.

Ma mère est allée se coucher mais mon père n'a pas réussi à trouver le sommeil. Je l'entendais depuis ma chambre et je sentais la fumée de cigarette. Juste avant de m'endormir, j'ai utilisé une nouvelle fois mon pouvoir :

« Je veux que Simone revienne à la maison en bonne santé. Je veux que la guerre se finisse le plus vite possible et que le Maroc n'y participe jamais. »

25

Mercredi 7 juin. J'en ai ras le bol de cette radio allumée du soir au matin. J'en ai ras le bol de ces voix qui ne parlent que de la guerre.

« Les pays arabes sont décidés à utiliser à fond l'arme du pétrole. La conférence des pays arabes qui réunissait onze pays producteurs de pétrole à Bagdad avec notamment l'Arabie saoudite et le Koweït ont décidé d'interdire l'envoi de pétrole à Israël et aux pays qui soutiendraient Israël. Un appel a été lancé à l'Iran pour qu'ils s'alignent sur les positions des pays arabes. »

Je n'y comprends vraiment rien. Je pourrais demander des explications à Odette mais toute cette histoire me casse la tête. Parler du même sujet trop longtemps, au bout d'un moment, on en a marre.

Depuis lundi, voilà comment ça se passe : la radio marocaine dit qu'Israël se fait battre par les forces arabes. Mais la radio israélienne dit le contraire. On ne sait plus ce qui est vrai ou ce qui est faux. Personne ne connaît la vérité puisque personne n'est sur place.

Les juifs de Safi sont chamboulés. Quand ils discutent entre eux, ils ne parlent que du conflit entre les juifs et les arabes. Et c'est la même chose du côté des arabes. Brahim m'a dit que son père aussi ne lâchait pas la radio. En revenant de l'école, Brahim n'était pas avec nous et des enfants nous ont lancé des cailloux. Anna était morte de peur. Si demain ils recommencent, je ne me laisserai pas faire et je les attaquerai aussi. Tant pis si je me fais punir.

Je suis allé faire des courses avec ma mère aujourd'hui. On aurait dit que tout le monde était fâché avec tout le monde. Ma mère a demandé au marchand de *nahna** :

- Tu me donnes *nahnah, louiza, chiba* et *kesbor* * s'il te plaît.

Mais le marchand ne l'a pas regardée et a servi une autre personne qui était arrivée après. Ma mère était très en colère contre lui car elle le connaît bien. Elle achète chez lui, depuis des années mais elle n'a rien dit. Elle a attendu.

Mes parents sont tous les jours un peu plus inquiets à propos de Simone. Si elle avait une chance de s'en sortir, avec cette guerre, elle n'a plus qu'une demie chance. C'est ce que mon père a dit à son copain Albert.

L'article dans *Le Monde* n'est toujours pas paru. Ma mère a appelé le journaliste. Il lui a dit qu'il serait publié quand il y aura moins de choses à raconter sur la guerre. Ma mère a insisté gentiment. Il a dit qu'il ne pouvait rien faire. Elle a demandé à Jacqueline qui n'habite pas loin de son bureau de lui apporter des gâteaux. Ma mère pense qu'elle peut obtenir tout ce qu'elle veut avec de la bonne nourriture.

Jeudi 8 juin.

« L'Union Soviétique menace Israël de rompre les relations diplomatiques. Il n'y a pas de doute, Israël est l'agresseur et doit être condamné. Les américains ont demandé un cessez-le-feu qui n'a pas été respecté par les pays arabes. Ils n'arrêteront jamais la bataille. Israël est en train de s'essouffler. »

Avec Brahim, on fait tout pour se montrer qu'on est des amis avant tout. On doit être les seuls à ne pas parler de la guerre et faire comme si de rien n'était.

- Mon frère demande à tous ses amis de se renseigner pour Simone. Elle doit bien être quelque part !

Je me demande si c'est vrai. Son père n'aime pas les juifs. Peut-être que son frère non plus. Pourquoi, il aiderait une famille juive ? Je garde ce que j'ai dans la tête pour moi. Il pourrait se vexer.

- Merci Brahim.

Vendredi 9 juin.

Mon père ne dort plus. Il se couche tard. Il se lève tôt. Il fume beaucoup. Ce matin, il est allé de bonne heure acheter les journaux. Il revient en criant :

- Ça y'est ! Ça y'est !
- Qu'est-ce qui se passe ? s'affole ma mère.
- L'article sur Simone est dans le journal !

Le journaliste a fait ce qu'il fallait. Il a écrit quinze lignes sur la disparition de Simone et de Sonia, la fille de Madame Abitbol. Il a raconté qu'elles étaient parties préparer des camps de vacances à Tanger dans le nord et qu'elles n'étaient jamais revenues. Leur disparition est un mystère. La police marocaine ne fait rien et ne sait rien. Il termine en écrivant que si les gens commencent à disparaître au Maroc, tout le monde doit s'inquiéter.

Même si Simone n'est pas encore avec nous, ça leur a donné de l'espoir.

Raquel vient dîner vendredi soir pour Chabat avec papi Prosper. Elle est optimiste. Avant de passer à table, elle dit à mes parents.

- La guerre ne nous aide pas à accélérer les choses. Mais l'article va avoir de l'effet. Le Roi doit être au courant de cette histoire maintenant. Et je suis certaine que ça va jouer en notre faveur.

Mon père fait le *Kidouch** et le *Motsé** puis il coupe le pain tressé. On pense tous à Simone quand ma mère dit :

- *Blabess** les absents.

Ma mère et mes sœurs apportent les salades.

- Ruby ! Qu'est-ce qu'elle est bonne la *chouchouka** ! fait Raquel. A qui tu as volé cette recette ?

- Je ne vole rien à personne, moi madame !

La table est remplie d'entrées que ma mère et Aïcha ont mis beaucoup de temps à préparer : des carottes au cumin, des poivrons grillés à l'ail, des blettes au coriandre, des tomates à l'huile d'argan, des oranges au cumin et aux olives. Chacun se sert et comme toujours, tout le monde parle de l'actualité.

- Les pays arabes ont perdu la guerre, maintenant c'est une certitude ! dit Raquel. Tu te rends compte ! En moins d'une semaine !

- Attends, ce n'est pas terminé, fait mon père. La radio et les journaux continuent à dire le contraire.

- Ils ne pourront pas raconter des mensonges encore longtemps. Personne ne va les croire.

- Si ! Les arabes les croient ! ajoute ma mère. Si tu voyais comme ils nous évitent au souk.

- *Li ma b'ghitich tchouf oujhou f'zanka ta t'chouf trmtou fl'hammam** (*Celui dont tu ne veux pas voir le visage dans la rue, tu vois son derrière au hammam !), s'amuse Raquel.

Tout le monde éclate de rire. Elle poursuit :

- Ils ne pourront pas nous éviter longtemps. On leur achète tout ce qu'ils vendent ! Ils ont besoin de nous et on a besoin d'eux ! C'est comme ça !

Après ils ont parlé de la diplomatie. J'ai demandé à Odette :

- C'est quoi ?

- C'est le type de relation qu'il y a entre les pays : qui soutient les pays arabes et qui soutient Israël.

L'URSS, l'Angleterre, les Etats-Unis, la France, l'Iran, l'Arabie Saoudite, l'Irak, le Liban, l'Algérie, l'Espagne… j'ai arrêté d'écouter parce que vraiment c'était très ennuyeux. Je n'ai retenu qu'une seule chose : la guerre est presque finie. Le conflit n'a même pas duré une semaine et le Maroc ne s'en est pas mêlé heureusement. Je suis fier. Je réalise ce que je suis capable de faire. Je n'en reviens pas. Mais je ne comprends pas pourquoi mon pouvoir a marché pour raccourcir la guerre mais pas pour ramener Simone à la maison. Qu'est-ce qui bloque ? Pourquoi on n'a toujours pas de nouvelle ?

Je ne me décourage pas. Je finirai par la faire revenir à la maison.

26

Samedi 10 juin. Une fois de plus, nous ne sommes pas allés à la plage ce matin alors qu'il fait très chaud. Mon père est parti à la synagogue. Je suis resté à la maison.

Raquel est venue pour la *dafina* avec Rosette et Henri cette fois. Et les discussions sans fin sur l'actualité ont repris comme d'habitude. On reprend les mêmes et on recommence.

- Nasser va démissionner. Après sa défaite, c'est obligatoire !

- Tsss… il ne démissionnera jamais ! Son peuple le soutient. Et les autres pays arabes aussi.

- Le plus important, c'est qu'ils respectent le cessez-le feu et qu'on en finisse avec cette guerre.

- Ils n'ont pas le choix ! Les chars de l'armée israélienne les ont battus sur tous les fronts !

- Les arabes veulent continuer la guerre. Le colonel algérien, Boumediene, a dit qu'il ne déposerait pas les armes avant d'avoir liquidé l'exploitation et l'injustice. Et à la frontière syrienne, ils continuent d'attaquer les *Kibboutzims** !

- C'est terrible !

Je mange mes patates, mon œuf, mon riz, ma viande et mes pois chiches. Est-ce qu'ils pensent vraiment que leur discussion change quelque chose à ce qui se passe là-bas ? Plutôt que d'écouter les adultes, je préfère embêter mon cousin Armand qui n'arrête pas de regarder Odette.

Ma mère apporte la pastèque. Puis les hommes font la sieste et les femmes prennent le thé. Messodi annonce qu'elle va rejoindre des amis au Club Nautique, à la plage. Elle va peut-être retrouver le français qui la regardait. D'habitude quand l'une de mes sœurs sort avec des amis, mes parents veulent que je sois là pour surveiller qu'elles ne fassent pas de bisous sur la bouche à des garçons. Ma mère me demande de tout lui raconter. Mais moi, je ne suis pas un rapporteur. Armand et moi, on serait bien allés avec elle car il fait très chaud. Mais c'est Gaby, le frère d'Armand qui a vingt ans qui l'accompagne. Il sait conduire. Ils ne veulent pas qu'on vienne car ils ne veulent pas s'occuper de nous. On insiste mais finalement, on est obligés de rester. Ils promettent à ma mère de ne pas rentrer trop tard.

Avec Armand, on sort se promener derrière la maison. Il me raconte :

- Mes parents n'arrêtent pas de se disputer en ce moment.

- Pourquoi ?

- Ma mère veut partir vivre au Canada, et mon père veut rester ici au Maroc.

J'ai toujours adoré mon oncle Henri.

- Qui va gagner à ton avis ?

- Ben je ne sais pas. J'espère que ce sera mon père.

- Moi aussi j'espère que ce sera ton père. C'est beaucoup trop loin du Maroc le Canada. Et puis il paraît qu'il neige tout le temps !

- Et toi tes parents, ils parlent de quitter le Maroc ?

- Pour le moment, ils n'ont que Simone dans la tête. Je ne les laisserai pas faire s'ils veulent partir.

- Tu ne pourras rien faire, mon pauvre.

- C'est ce qu'on verra.

Il ne sait rien à propos de mon pouvoir. Je ne lui en ai jamais parlé. Il ne comprendrait pas.

Il est dix-neuf heures. Rosette, Henri et Raquel sont rentrés chez eux depuis un bon bout de temps, maintenant, mais Messodi n'est toujours pas revenue. Mes parents sont en colère contre elle et contre Gaby. Comme d'habitude, ma mère s'inquiète. Mon père la rassure.

- Ils n'ont pas dû voir l'heure passer.

Mais vers vingt heures, ils font tous les deux les cent pas dans le salon. Quand Messodi va rentrer, elle va se prendre une raclée. Elle va être punie pendant un mois au moins. Ma mère n'arrête pas d'appeler Rosette. Gaby non plus n'est pas rentré.

- On n'aurait jamais dû les laisser sortir. Cette guerre a rendu les gens fous ! Ils se sont peut-être battus. Il leur est sûrement arrivé quelque chose.

Mon père cherche ses clés de voiture pour aller la chercher au Club Nautique. Le téléphone sonne. C'est lui qui décroche. Il devient blanc. C'est le père de Maggi et Dalia, des amies de ma sœur. Messodi et tous ses amis ont été arrêtés. Ils sont en prison.

Ma mère manque de s'évanouir. Odette, Anna et moi sommes dans le salon et cette fois-ci, on ne peut rien nous cacher. Ça nous fait un coup.

Une sœur, c'était déjà trop. Deux sœurs et un cousin, ça devient complètement insupportable. Ma mère se met à sangloter. Je me mets à pleurer en la voyant. Et finalement Odette et Anna n'arrivent plus à se retenir. Il n'y en a pas un pour consoler l'autre. Mon père appelle Henri et Rosette qui sont aussi effondrés. Ils se donnent rendez-vous au commissariat pour essayer de comprendre ce qui s'est passé.

Ma mère me demande d'aller me coucher mais il n'est pas question que je dorme.

Je vais dans ma chambre et je répète cette phrase que j'ai répétée tant de fois pour Simone, mais je change le prénom et je mets Messodi.

« Je veux que Messodi revienne à la maison, je veux que Messodi revienne à la maison. »

Messodi qui est si discrète, probablement celle

qui râle le moins dans la famille et dans Safi même… Messodi qui passe son temps à lire des livres ! Est-ce qu'elle avait lu dans les lignes de la main qu'elle allait être arrêtée ? Qu'est-ce qu'elle a bien pu faire pour aller en prison ?

Je vais dans la chambre d'Odette. Je me mets à côté d'elle sur son lit. Je lutte contre le sommeil. Je veux être là au retour de mes parents pour savoir ce qui s'est passé. Mais je finis par m'endormir. Quand je me réveille, c'est déjà le jour et je suis dans mon lit. Je file dans la chambre de Messodi. Elle n'y est pas. Je descends les escaliers. Mes parents sont au téléphone. Ma mère est pâle. C'est beaucoup trop pour elle d'avoir deux filles en prison. Elle ne va pas tenir. Quand ils raccrochent, je demande :

- Alors, pourquoi elle est en prison Messodi ?

Mes parents hésitent à me répondre. Alors je pique une grosse colère.

- J'en ai marre ! C'est ma sœur ! C'est pas juste ! J'ai le droit de savoir moi aussi ! Et si vous ne me le dîtes pas, j'irai à la police pour leur demander pourquoi ils l'ont mise en prison ! Pour Simone, vous ne me racontez rien mais je sais tout ! Moi quand j'aurai des enfants, jamais je ne les traiterai comme ça, vous m'entendez ! Jamais !

C'est le matin, mais j'ai crié. En temps normal, ils auraient crié eux aussi et je me serais fait punir pour mon insolence. Après la nuit qu'ils ont passée, mes parents n'ont pas la force de négocier. Mon père m'explique :

- Le nouveau patron du Club nautique est un arabe. Il a appelé la police pour leur dire qu'un groupe de juifs chantait la victoire d'Israël avec des soldats américains. Ils ont débarqué et ils ont arrêté tous les juifs. Même Dalia, la copine de Messodi qui est muette !

- Pourquoi on n'a pas le droit de chanter ? C'est une erreur ! Ils se sont trompés ! Vous leur avez dit que c'était une erreur ?

- Jacob, les arabes sont en colère contre les juifs car Israël a gagné la guerre. Ils nous le font payer.

- Mais on n'y est pour rien ! On est des marocains !

Mon père s'habille et retourne au commissariat pour essayer de faire libérer ma sœur. A la demande de ma mère, il prend une boite avec les restes de la *dafina* d'hier.

Il revient deux heures plus tard avec la même tête triste et la boite pleine. Il n'a pas été autorisé à la voir ni à lui remettre la boite.

- Alors ? demande ma mère.

- Il va nous falloir un avocat. Elle est accusée de sionisme.

- Mais on est dans un pays de fou !

Ma mère se met à hurler. Elle craque.

- Calme toi Ruby ! Elle va bien. Elle n'est pas seule. Il y a Maggi et Dalia. Il y a aussi Gaby, et Nissim, le fils de George.

- Tu me demandes de me calmer alors que deux de mes enfants sont en prison ! Et ce sera quoi après ? Ils vont t'arrêter toi parce que tu t'es rasé, donc tu t'es fait beau pour la victoire d'Israël ! Ou mieux encore, ils vont arrêter Jacob, tiens !, parce qu'il a joué aux osselets avec un copain arabe et il a gagné ! Jusqu'à quand ça va durer ?

- Ruby, reprends-toi !

Mon père a levé le ton puis il s'adresse à Odette.

- Prépare une tisane à ta mère, s'il te plaît.

Il l'emmène s'allonger un peu.

Le téléphone n'arrête pas de sonner. C'est la famille qui s'inquiète. Tout le monde se plaint, et plaint mes parents mais personne n'a de solution à nos problèmes.

27

Dans l'après-midi du dimanche, je vais voir Brahim chez lui. Je lui explique ce qui s'est passé au Club Nautique. Il est aussi en colère que moi.

- Ce n'est pas juste ! Viens on va voir mon frère ! Il va arranger la situation.

C'est dimanche, pourtant son frère travaille. Brahim m'a beaucoup parlé de lui mais c'est la première fois que je vois Mohamed. Il est grand et très mince, il a la peau plus matte que Brahim. Il est en uniforme et il a une matraque. Il s'occupe de la circulation sur un rond-point.

- Alors c'est toi le copain de Brahim ?

Au début, j'ai l'impression qu'il me regarde comme s'il allait m'arrêter.

Brahim lui raconte pour l'arrestation de Messodi.

- Mais dis-moi, deux sœurs qui ont des problèmes, ça fait beaucoup, non ?

Il me fait peur. C'est à cause de lui que deux policiers ont débarqué chez moi en soupçonnant mes parents de vouloir quitter le Maroc. Je me demande si lui non plus n'a pas un problème avec les juifs.

- Qu'est-ce que tu veux ?

Brahim répond.

- Il faut que tu la libères ! Elle n'a rien fait. C'est la vérité ! Ils sont tous très gentils dans sa famille.

- Je vais prendre des informations. Je ne pourrai pas la libérer mais je vais m'assurer qu'elle va bien.

Je m'en doutais. Ce n'est pas lui le chef. Je pense tout de suite à quelque chose qui ferait du bien à ma mère. Je lui demande :

- Tu accepterais de lui apporter des boites de nourriture ?

- *Waha** ! Ça je peux le faire !

Je le remercie. On court chez moi pour prévenir mes parents. Sur le chemin, Brahim me dit :

- Alors, tu vois comme il est fort mon frère ?

La vérité, c'est que je n'ai pas vu grand-chose. Il ne peut même pas la faire sortir de prison.

- Je te préviens, mes parents ne sont pas dans leur état normal avec ce qui se passe.

Au début ma mère n'est pas très contente que je débarque avec lui, sans la prévenir en plus. Mais elle essaie de ne pas le montrer. Je raconte à mes parents que le frère de Brahim qui travaille dans la police est d'accord pour lui apporter à manger. Et là, ma mère retrouve immédiatement de l'énergie. Elle embrasse Brahim de toutes ses forces et fonce à la cuisine. Mon père aussi remercie Brahim qui est vraiment content de pouvoir rendre service. Heureusement qu'il est là. Il repart de chez nous avec cinq grosses boites pleines.

On pensait avoir atteint le niveau d'inquiétude le plus haut jamais atteint pour une famille. Le téléphone sonne. Mon père décroche. Je regarde sa tête et je vois tout de suite que c'est grave. Il ne dit presque rien. Il raccroche. Pour la première fois, de ma vie, je le vois pleurer. Sa lèvre tremble. C'est horrible de le voir dans cet état. Je panique. Je ne sais pas quoi faire. Lui demander ce qui se passe ? Le consoler ? Pour une fois, je me sens vraiment trop petit pour savoir ce qui se passe. Je cours dans la chambre d'Odette.

- Papa pleure !

- Qu'est-ce qui se passe ? Elle me demande affolée.

- Je ne sais pas. Il a reçu un coup de téléphone. Il n'a pas dit un mot. Il a raccroché et il a pleuré.

Je tremble de partout.

- Où est maman ?

- A la cuisine.

On entend un hurlement. J'ai peur de descendre. Mon cœur bat trop fort. J'ai du mal à respirer.

- Reste-là ! m'ordonne Odette. Tu ne bouges pas !

Odette descend. J'attends quelques minutes, mais je ne tiens plus. Je descends à mon tour. Quand j'arrive à la cuisine, tout le monde est en pleur. Même Aïcha. La radio est allumée. Une voix d'homme explique que deux jeunes juifs d'une vingtaine d'années ont été retrouvés morts dans le Nord du Maroc. Ils ne disent pas comment ils s'appellent, ni si ce sont des filles ou des garçons, ni pourquoi. La police va mener une enquête.

- C'est Simone ? Je demande en tremblant.

Mon père se rapproche de moi et me dit avec la voix cassée :

- On ne sait pas, mon fils.

La radio continue de dire que la guerre avec Israël n'est pas terminée. Les forces arabes n'abandonneront jamais. Mon père éteint le poste. J'éclate en sanglot. Odette me prend dans ses bras.

Une heure passe mais on aurait pu dire que c'était un siècle. Personne n'arrive à dire un mot. Je répète dans ma tête sans m'arrêter une demi-seconde : « Je veux que Simone revienne à la maison en bonne santé. Je veux que Messodi revienne à la maison en bonne santé. » Je ne respire presque pas.

Le téléphone sonne à nouveau. Nous sursautons. Mon père regarde le combiné. Il met un temps avant de décrocher. C'est Raquel. Nous sommes tous à côté de lui. On regarde sa tête. On n'entend pas ce qu'elle lui dit. Il ferme les yeux. Les larmes coulent sur ses joues. Il n'arrive pas à parler mais il se force.

- Ce n'est pas Simone.

Je souffle fort pour relâcher tout l'air que je retenais bloqué. Ma mère a besoin de s'allonger à nouveau. Odette me lâche et va s'occuper d'elle. Aïcha se met à prier Allah.

Raquel a vérifié auprès de ses contacts. Il n'y a aucun doute : ce n'est pas Simone.

Le soir-même, en haut des escaliers, j'entends mon père dire au téléphone :

- On a eu très peur. Tu te rends compte ! Ces deux jeunes juifs ont été assassinés de sang-froid en pleine ville nouvelle à Meknès ! On ne sait pas si c'est lié à la victoire d'Israël. Oui, tu as raison… Nous vivons un cauchemar.

***

Le lendemain matin très tôt, madame Bonjean passe à la maison. C'est la directrice de la clinique de Safi. Ma mère ne s'attendait pas à la voir, sinon, elle aurait mis une autre robe et elle aurait arrangé ses cheveux. Elle lui propose un thé avec des sablés, mais elle a du mal à sourire. Madame Bonjean est une française, plus âgée qu'elle et bien habillée. Elle a utilisé de la laque pour ses cheveux et il n'y en a pas un qui bouge quand elle marche. Sa fille était aussi au Club nautique quand c'est arrivé mais elle n'a pas été arrêtée parce qu'elle n'est pas juive, elle est française et catholique. Elle connaît un peu ma mère et trouve la situation injuste, elle est venue la consoler et lui proposer son aide. Avec le métier qu'elle fait, elle a le droit d'aller voir les prisonniers. Comme tout ce qui vient de France, ma mère admire beaucoup cette femme. Henri lui a fabriqué une robe sur mesure l'hiver dernier. Ma mère a demandé à mon oncle de lui faire la même mais dans une autre couleur.

Madame Bonjean est une personne très respectée à Safi. Elle connaît le chef de la police et il l'écoute. Il pourrait avoir besoin de soins dans sa clinique pour lui ou pour quelqu'un de sa famille. Elle réussit à le convaincre de libérer Dalia, l'amie muette de ma sœur. Il est évident qu'elle n'a pas pu chanter à la victoire d'Israël. Mais elle ne peut rien faire pour les autres, à part s'assurer qu'ils ne manquent de rien et qu'ils ne sont pas malades. Elle est passée à la prison hier. Les jeunes du Club Nautique sont tous dans une espèce de grande salle à côté du commissariat. Elle met mes parents en contact avec un avocat : Maître Gallot. Lui aussi est français et selon madame Bonjean, c'est le meilleur.

Mohamed a tenu parole. Tous les jours, mon père lui dépose des boites que ma mère a remplies de nourriture à ras bord et il les apporte à ma sœur et aux autres prisonniers. Ma mère en prépare une pour lui aussi. Elle a ajouté deux gros livres de Balzac et de Victor Hugo pour que Messodi ne s'ennuie pas trop. Mohamed a hésité à les prendre car il peut avoir des ennuis avec son chef et puis finalement, il a dit qu'il trouverait un moyen de les remettre à Messodi sans qu'il se fasse prendre. Mon père a voulu lui donner des dirhams pour le remercier mais il n'a pas accepté. Quand mon père nous le raconte à ma mère et moi, j'ai envie de pleurer. Je ne sais pas pourquoi. J'ai complètement changé d'avis sur lui. Il a bon cœur comme Brahim.

Mais tous les autres arabes nous en veulent. Bien que la guerre soit finie, la radio dit que ça peut repartir à tout moment. Et le problème, c'est qu'ici les arabes n'attendent que ça.

Maître Gallot ainsi que deux autres avocats de familles juives travaillent dur pour faire sortir Messodi et ses amis de prison.

Tous les juifs de Safi sont traumatisés par l'arrestation du Club Nautique et par les deux jeunes juifs tués dans le Nord. Ils ont peur. On peut être accusés de sionisme à tout moment, sans que ce soit vrai.

28

Après sept jours de longues négociations avec les autorités, Maître Gallot réussit à faire sortir Messodi de prison. Mon père a dû payer une caution. Il va la chercher. Lorsqu'elle sort de la voiture, mes sœurs et moi on lui saute dessus et on ne veut plus la lâcher. On est tellement soulagés. Elle a l'air d'aller bien mais elle ne sent pas très bon. Ma mère est dans tous ses états. Elle n'arrête pas de demander à ma sœur si elle se sent bien. Elle a appelé le docteur Benmimouni pour qu'il passe à la maison. Elle veut être sûre qu'elle va vraiment bien.

A table le soir même, on essaie d'être joyeux mais c'est difficile. Messodi est revenue. Pas Simone.

- Tu as fait quoi en prison ? Je demande.

Mauvaise question. Mes parents me tombent dessus.

- Laisse ta sœur tranquille ! s'énerve mon père.
- Pas à table ! ajoute ma mère. Tu es trop petit pour parler de ces choses là. Tu vas faire des cauchemars !

Ça me donne encore plus envie de savoir.

J'attends le lendemain. Messodi est devant la maison sur les marches de l'escalier en train de lire un livre. Quand je m'assois à côté d'elle, elle me dit :

- Toi, tu as envie que je te raconte !
- Tu l'as lu dans les lignes de la main ?

Elle sourit.

- Tu sais que je n'ai rien raconté à personne, pas même à papa et maman ?

A ce moment-là, Odette et Anna nous rejoignent. Elles s'assoient à côté de Messodi.

- Tu lui parles de la prison ? demande Anna.
- Chut ! Je lui dis. Moins fort ! Si maman nous entend, Messodi va se faire gronder.
- Venez on va dans la chambre de Jacob, propose Odette.

Messodi ferme la porte. Elle prend son temps pour s'installer confortablement sur une chaise alors que nous sommes tous les trois assis sur mon lit, à attendre son histoire.

- C'est samedi. Nous sommes au Club Nautique. On discute et on rigole. Il y a des soldats américains qui parlent fort à côté de nous. Quand soudain, une dizaine de policiers débarquent.

Elle met un silence. Je retiens ma

respiration.

- On ne comprend pas ce qui se passe. On se demande ce qu'ils font là. Et puis, ils nous crient dessus en arabe. Nous devons les suivre au commissariat. On s'affole. On leur répète qu'on n'a rien fait. Une fille se met à crier.

Le visage de ma sœur est aussi effrayé qu'effrayant.

- Tu avais peur ? demande Anna.

- Oui, très peur. Ils ne sont pas tendres avec nous. Ils nous bousculent et ils nous poussent. Un garçon a essayé de s'opposer, ils s'est pris un coup.

Je fais une grimace. Et je me colle à Odette.

- On arrive au commissariat. Ils nous interrogent individuellement dans une petite pièce. Ils veulent nous faire avouer que nous avons chanté à la victoire d'Israël.

- Tu as chanté, en vrai ? Je demande.

- Bien sûr que non ! On n'a pas parlé de la guerre une seule fois !

- C'est tellement injuste ! dit Odette.

- Le policier qui m'a posé des questions veut que je signe un papier. Mais je ne suis pas d'accord pour signer un mensonge.

La voix de Messodi devient plus grave, comme si elle allait pleurer.

- Alors le policier s'énerve et me frappe. Je reçois deux grosses baffes.

- Oh non ! Nous lâchons tous en chœur.

- Tu as eu mal ? demande Odette.

- Oui. Surtout très peur. Et j'ai signé. Je n'avais pas le choix.

Silence. Ma sœur se touche la joue. Et puis, elle voit nos têtes et elle cherche à nous rassurer.

- J'ai eu un peu mal à l'oreille et puis c'est passé. Après, ça allait. Ils nous ont mis dans une grande salle. On dormait sur le sol et on ne pouvait pas se laver, mais bon, je n'étais pas seule. Et Mohamed, le frère de ton ami, m'a apporté les boites de nourriture, donc je n'avais pas faim. Il est adorable ! Il me demandait de l'avertir si on me traitait mal. Mais ceux qui nous surveillaient n'étaient pas méchants. Ils étaient même plutôt sympas. Madame Bonjean, l'amie de maman est passée tous les jours. Elle a regardé mon oreille pour s'assurer que ce n'était pas grave.

- Mais tu faisais quoi toute la journée ?

- J'ai lu les deux livres que maman m'a envoyés. On jouait aux acrtes, on discutait avec les autres. Je leur ai lu les lignes de la main ! J'avais prédit qu'on sortirait tous, en bonne santé.

Elle se force à sourire. Nous on n'arrive pas à bouger les lèvres.

- Tout va bien, maintenant. La prison c'est fini.

Au moment où elle dit ça, son visage devient triste.

On sait tous pourquoi. La prison, c'est fini pour elle mais pas pour Simone. Et si Simone a refusé de signer un papier ? Elle en est bien capable.

Il n'est plus question d'aller au Club Nautique. Quand on voudra aller à la plage, on ira à Souerac kdima, à trente kilomètres de Safi ou à Sidi Bousid encore plus loin. Le patron du Club Nautique est un sale type et il n'y a pas de doute, il n'aime pas les juifs.

Au marché, il y a encore eu une dispute entre un commerçant arabe et un juif. Ils se sont insultés et ils ont failli se battre. Ma mère a décidé qu'elle n'irait plus faire les courses. Elle enverra Aïcha.

Papi Prosper est passé à la maison avec le journal *Al Alam* en main. Il est très en colère et dit à mon père en arabe :

- Ecoute ça !

« Eh, vous jeunes de cette génération, apprenez les industries qui jusqu'à récemment étaient l'apanage des sionistes, et ce pour libérer notre pays de la mainmise de la main d'œuvre sioniste. »

« Le peuple marocain est déterminé à boycotter les sionistes, n'hésite pas à prendre part au consensus national. »

« Le samsar (intermédiaire) sioniste te prend une commission, Israël lui prend un pourcentage sur cette commission. Ainsi avec ton argent, on achète un canon destiné à détruire la mosquée Al-Aqsa. »

- Mais qu'est-ce qu'on va devenir ?

Papi ne répond pas.

Désormais, Anna et moi, on doit encore plus se dépêcher de revenir de l'école.

- Mais moi, je veux jouer avec Brahim !

Mon père me fait un regard noir, qui me coupe l'envie de négocier. Ma mère ajoute :

- Il viendra à la maison jouer dans ta chambre, un point c'est tout.

Ça fait une semaine que l'article a été publié dans le journal *Le Monde* et il n'y a toujours pas eu de réaction, ni du Roi, ni de l'administration marocaine, ni de la police. On ne sait toujours pas où chercher. On ne sait toujours rien. Raquel est venue voir ma mère qui perd patience.

- Et si elle n'est pas en prison ? Et si elle est retenue quelque part par des fanatiques ?

- Non, Ruby. Je t'ai déjà dit qu'on est quasiment sûrs qu'elle est en prison.

- Mais pourquoi ils la cachent alors ? Pourquoi ils ne nous disent pas quelle prison ? Ça n'a pas de sens !

- Je sais ma chérie.

- Et pourquoi ils l'ont arrêtée ? Qu'est-ce qu'elle a bien pu faire pour qu'on l'arrête ?

Depuis ma cachette, je me demande si Raquel lui avouera un jour ses secrets.

- Regarde ce qui est arrivé à Messodi ! A-t-on besoin d'une raison pour aller en prison ? Simone s'est trouvée au mauvais endroit, au mauvais moment.

-Et s'ils l'ont tuée ? fait ma mère en tremblant

de la voix.

- Ne dis pas de bêtise Ruby ! Ils ne peuvent pas faire ça. Ils perdraient définitivement la confiance de tous les juifs du Maroc. Le Roi a toujours été bon avec nous. Il ne laissera jamais faire.

- Et s'ils l'ont torturée à cause de la victoire d'Israël ?

- C'est toi qui te tortures avec des idées pareilles.

- Pourquoi, ils ne nous disent pas où elle est ? Max et moi, on a passé des heures au téléphone à faire des salamalecs à des gens de l'administration, de la police, des amis du Roi… et rien ! Ma fille n'est toujours pas à la maison.

- Je sais Ruby, je sais Ruby… Mais on ne laissera jamais tomber. On va la retrouver.

***

Je ne sais pas très bien quand ça a commencé exactement mais maintenant ça se voit : les juifs quittent Safi. Le coiffeur de la rue du Rbat a fermé. Ensuite c'était le marchand de chaussures. Puis la boulangerie, puis le garagiste. Du jour au lendemain, des copains de classe ne viennent plus à l'école, sans raison, sans prévenir. Ils n'attendent même pas la fin de l'année scolaire, dans quinze jours. Et j'ai de plus en plus peur que mes parents fassent la même chose. Jusqu'à maintenant, ils sont concentrés sur Simone mais après ?

Il y a trois cinémas à Safi et mon père nous y emmène quand il y a un nouveau film. J'adore *Joselito*, mon père pas trop. Mais on aime tous les deux Fernandel. Ils jouent *Don Camillo* au Roxy et mon père m'a proposé qu'on y aille tous les deux pour se changer les idées. Je ne m'y attendais pas. Je suis super content. Une sortie entre homme, sans aucune fille. Je me suis dit qu'il me considérait comme un grand maintenant et sur le chemin du retour, j'ai sauté sur l'occasion pour lui poser toutes les questions que j'avais dans la tête.

- Papa, pourquoi les gens partent de Safi ?

- Parce qu'ils pensent qu'ils peuvent avoir une vie meilleure ailleurs.

- Mais on est bien ici. Et c'est où ailleurs ?

- Il hésite à me répondre. Alors que nous marchons vers la voiture, il regarde à droite et à gauche si quelqu'un nous écoute.

- Dans d'autres pays, finit-il par répondre. Ils vont peut-être rejoindre de la famille ailleurs.

A part ma sœur qui habite à Montpellier, toute ma famille est au Maroc. J'enchaîne sur ma deuxième question.

- Pourquoi on n'a aucune nouvelle de Simone ? Qui nous cache l'endroit où elle se trouve ?

Nous sommes maintenant dans la voiture. Personne ne peut nous entendre.

- J'aimerais pouvoir te répondre mon fils. Mais on ne sait toujours rien pour le moment. Tout le monde la cherche.

On est bientôt arrivés à la maison. Je dois me dépêcher de poser ma dernière question.

- Est-ce que nous aussi on va quitter le Maroc ?

- Nous n'aurons bientôt plus le choix.

Je regrette d'avoir demandé. J'aurais préféré qu'il me dise que j'étais trop petit et qu'il ne me réponde pas.

- Non ! Je m'énerve. Non papa, je ne veux pas partir !

- Mais Jacob, nous ne pouvons pas faire autrement. Ça devient dangereux ici. Et tu verras, la France est un pays formidable. Ta sœur se plaît beaucoup là-bas.

Il cherche des arguments pour me convaincre mais il a du mal. La seule chose qu'il trouve, c'est :

- Et tu pourras manger du camembert tous les jours si tu veux.

Mais ils vont arrêter avec leur camembert qui pue ! Je suis en pleurs.

- Papa, je ne veux pas partir en France. Je t'en supplie, je veux rester au Maroc. Pour le moment, les arabes et les juifs sont un peu fâchés mais ils vont se réconcilier, tu vas voir. C'est toujours comme ça avec les gens qu'on aime bien. Je ne veux pas déménager !

- Ne te mets pas dans cet état Jacob ! Ça ne sert à rien !

Il sort un mouchoir de la boîte à gants.

- Tu verras, mon fils. Quel que soit l'endroit

où on vivra, on sera heureux et en sécurité. Allez, sèche tes larmes. Si ta mère te voit dans cet état, elle va me tuer.

D'habitude, quand je vais au cinéma, je rejoue les scènes du film seul ou avec mes copains pendant toute la semaine. Mais là, j'ai déjà presque oublié les meilleurs moments.

Ces derniers temps, j'ai utilisé mon pouvoir pour faire revenir Simone, pour que la guerre se termine vite, pour libérer Messodi de prison. Je dois continuer pour Simone et maintenant, je dois mettre le paquet pour qu'on ne déménage pas. Je commence donc par un « Je veux que Simone revienne à la maison en bonne santé » et j'enchaîne avec un « Je ne veux pas quitter Safi » plusieurs fois d'affilé.

J'ai cours de *Talmud Torah.* Ça tombe bien, j'ai besoin de discuter avec le Rabin Moshé.

- Je dois vous parler seul à seul, je lui dis à la fin du cours.

Il sourit et ses deux joues se transforment en petites pommes. Il m'emmène dans son bureau

- Je t'écoute Jacob.

- Mes parents veulent partir vivre en France. Ils disent qu'on n'est plus en sécurité ici. Mais Dieu nous protège, non ?

- Oui. La situation est tendue pour les juifs du Maroc depuis la fin de la guerre en Israël. Mais tu sais Jacob, on a tous la fâcheuse habitude de voir les moments difficiles de notre vie comme une fin alors que c'est souvent un commencement. La France est un beau pays. Tu vas rencontrer des nouveaux amis, découvrir des nouveaux endroits.

- Mais je ne veux rien de nouveau ! Que faut-il que je fasse pour rester ici ?

- Hélas, mon petit Jacob, j'ai bien peur que ce ne soit pas possible. Les juifs doivent partir.

- Mais s'il n'y a plus de juifs ici, vous allez faire quoi comme métier ?

Il chuchote.

- Moi aussi, je vais partir avec ma femme. Et tu sais sans Rabin, les juifs ne peuvent plus avoir de viande cachère. Et il n'y aura plus personne pour tenir la synagogue et organiser les offices pour Chabat et les fêtes.

- C'est à cause de vous alors que les gens partent !

A ce moment-là, mon père klaxonne.

- Les juifs n'ont pas le choix mon petit Jacob.

- Et le libre arbitre alors ? On a toujours le choix !

- Les juifs sont habitués à l'exode… ils sont partis d'Egypte aux temps des pharaons, ils ont fui l'Espagne et le Portugal à l'époque d'Isabelle la Catholique…

- Mais nous ne sommes pas des esclaves au Maroc ! On ne nous force pas à construire des pyramides ou même à changer de religion ! On est heureux !

- Jacob ! fais confiance à *Akadoch barouhou**.

Mon père klaxonne encore. Ça tombe bien car

je ne vois pas à quoi ça sert de discuter avec lui. Il n'a pas la solution à mon problème.

Je m'installe dans la voiture.

- Tu en fais une tête ! Tu as eu une punition ? me demande mon père.

- Non ça va.

Je mens. Ça ne va pas du tout. Et je ne dis pas un mot jusqu'à la maison.

29

Quelqu'un sonne à la porte. C'est Brahim. Il est tout essoufflé car il a beaucoup couru. Il n'était pas en bas de la Biada en sortant de l'école. J'ai pensé qu'il avait une livraison de poteries à faire pour son père.

- Mon frère sait où est Simone !

Dans l'empressement et l'excitation, il fait un mouvement avec son bras et renverse une théière et des verres à thé vides sur la table. Ma mère ne ramasse même pas, et lui fait répéter ce qu'il vient de dire.

- Elle est enfermée à Nador.

- Comment tu l'as su ?

- C'est grâce à mon frère ! Son ami de Tanger lui a dit !

Ma mère reprend vie en entendant ces mots. Elle n'a aucun doute sur ce que Brahim vient d'annoncer.

- Tu es envoyé par le Bon Dieu. ! Elle est en vie ! Elle est en vie !

Elle prend Brahim dans ses bras et le serre très fort. Puis elle se précipite vers le téléphone et appelle mon père, puis Raquel.

Raquel arrive à la maison une heure plus tard. On ne sait pas comment elle a fait mais elle a vérifié ce que Brahim a dit et elle confirme que c'est vrai. Simone vient d'être transférée dans une prison à Nador, dans le Nord du Maroc, pas loin d'Ouchda. Ça ne va pas être facile de la libérer. Mais savoir où elle est, c'est une information qui fait du bien et ça permet de commencer les négociations avec les autorités.

Mes parents aimaient bien Brahim. Maintenant, ils l'adorent. Je le remercie et je lui dis pour lui faire plaisir :

- Brahim, tu as réparé le sourire de ma mère !

Il sourit.

- Tu remercieras ton frère pour nous. Mes parents aimeraient beaucoup l'inviter à dîner avec tes parents. Tu crois qu'ils seraient d'accord ?

- Chez vous ?

- Ben oui chez nous !

- Mes parents ne sont jamais venus manger chez des juifs.

- Ils vont accepter ou pas ?

- Oui ! Pourquoi pas ?

Je sens bien que Brahim est gêné. Ses parents sont comme les autres marocains. Ils en veulent aux juifs depuis la fin de la guerre. J'espère que

Brahim saura les convaincre.

Simone est en bonne santé, d'après Raquel. Elle risque une lourde peine. La rumeur était vraie. Elle organisait le départ des familles juives pour Israël. Elle est accusée de sionisme. Elle et son amie ont été dénoncées. Ils sont venus les chercher au milieu de la nuit. Elles doivent être punies pour qu'elles ne recommencent jamais et aussi pour donner l'exemple.

Les autorités ont d'abord commencé par refuser un droit de visite à mes parents. Mais Raquel a fait jouer ses relations. Elle a secoué, remué, mélangé le ciel et la terre et ça a marché. Et ça y'est ! Ils ont enfin le droit d'aller la voir à la prison de Nador. Le temps qu'ils s'organisent, ils décident de partir dès demain. Ils ne peuvent plus attendre pour la voir et s'assurer avec leurs propres yeux qu'elle va bien.

Je le vois bien, quand ils parlent de Simone, mes parents sont partagés entre la colère et la fierté. Alors que moi, je suis en colère tout court contre elle. En colère d'avoir créé autant d'inquiétudes à toute la famille, juste après la maladie d'Odette, mais en colère aussi de vouloir faire sortir les juifs du Maroc. Ce soir-là, je prends la décision de faire exactement le contraire : de tout faire pour que les juifs restent au Maroc. C'est bientôt les grandes vacances, j'aurai tout le temps de penser à un plan.

Brahim est le seul à qui je peux parler de mon projet. Si j'en parle à mes copains juifs de l'école, ils pourraient en parler à leur parent et tout faire rater. Mes cousins, c'est pareil.

- J'ai besoin que tu m'aides : les juifs partent du Maroc. Il faut trouver un moyen de les en empêcher.

- Oulala ! c'est dur ça. Ils sont beaucoup les juifs à Safi. Bon, il faut faire quoi ?

- Je ne sais pas encore. Il faut qu'on réfléchisse d'abord. On doit montrer aux gens que le Maroc c'est vraiment super.

- Mais ils le savent déjà, puisqu'ils habitent ici ?

- Oui, mais ils veulent tous partir ! S'ils partent, qui va acheter les poteries de ton père ? Et puis, moi et ma famille, on ne sera plus là.

- Je ne veux pas que tu partes !

- Alors tu vas m'aider ?

- Oui.

Le soir dans mon lit, je cherche et je cherche encore la bonne idée. La bonne idée qui nous fera rester ici à Safi dans notre maison en haut de la Biada. Mais je m'endors avant de la trouver.

Le lendemain, mes parents nous accompagnent à l'école et prennent directement le chemin de Nador. Ma mère a préparé de la nourriture en très grosse quantité et a rempli le coffre de la voiture. Elle doit penser que Simone n'a pas mangé depuis qu'elle est partie. J'ai fait marcher mon pouvoir autant que j'ai pu ces derniers jours. J'espère qu'elle va revenir vite. C'est Jacqueline qui est venue de Casablanca pour nous garder.

A l'école, madame Sebag me demande d'aller au tableau et de réciter la table des sept. Je ne fais aucune erreur. Et pour une fois, je reçois des félicitations. Je n'en reviens pas moi-même. Ça ne m'arrive jamais. C'est grâce à mon père. Il a un jeu pour nous entraîner à la table des sept car c'est vraiment la plus difficile à retenir. Chacun a son tour, on dit un chiffre, et à chaque multiple de sept, on dit « hop ! ». Mon père a toujours été le plus rapide et le grand vainqueur inégalé de la famille. Il embête surtout mes sœurs avec ce jeu mais de temps en temps, il y joue aussi avec moi. Quand je vais lui dire que j'ai reçu les félicitations de la maîtresse, il sera fier. On ne peut pas dire que ça m'arrive souvent.

Aujourd'hui, c'est vraiment un bon jour. Ça n'a rien à voir avec la table des sept, mais j'ai enfin trouvé une idée tout à l'heure à la récréation. Il fait très chaud mais quand je sors de l'école, je sors en courant pour rejoindre Brahim au plus vite.

- C'est le Roi, la solution ! Je lui dis quand je le vois.

- Tu veux jouer aux cartes ?

- Mais non ! Le Roi ! Notre Roi ! Le Roi du Maroc !

- Hassan II ?

Je lui explique ce que j'ai dans la tête. Brahim ne croit pas trop que mon idée va marcher mais il est d'accord pour essayer.

***

Jacqueline a été formée par ma mère. Elle ne regarde que mon assiette pendant tout le repas. Heureusement, il y a une *pastella* au menu et j'adore ça. Je lui annonce fièrement que j'ai su réciter la table des sept sans erreurs. Elle me félicite, me pince la joue et embrasse ses doigts.

Ma mère a demandé à Rosette de passer à la maison s'assurer que tout allait bien. Même si j'ai déjà posé la question à Henri, je veux avoir sa version à elle :

- Tata, est-ce que vous pensez quitter le Maroc ?

Ma question la met mal à l'aise.

- Je ne sais pas. On verra.

- Et si vous partez, vous irez où ? En France ?

- Certainement au Canada.

- Au Canada ! s'exclame Odette. Mais il fait très froid là-bas ?

- J'ai une cousine qui vit à Montréal. Elle s'y plaît beaucoup. On est allés la voir il y a deux ans, et on a beaucoup aimé.

- Mais c'est très loin ! Tu as pris l'avion ? demande Jacqueline.

- Oui, j'ai pris l'avion. Et j'ai eu une peur bleue ! C'est vrai aussi qu'il faisait très froid. Mais c'est un immense pays et c'est magnifique. Il y a déjà une bonne communauté là-bas.

Je panique. Armand m'a dit que ses parents se disputaient à ce sujet. Et si Rosette avait réussi à convaincre son mari ?

- Mais Henri, c'est le grand tailleur de Safi, du Maroc même. Il aime faire des costumes et des robes pour les gens qui vivent au soleil, pas des manteaux pour le froid glacial.

- Henri sait tout faire mon chéri tant qu'il a son mètre, du fil et une aiguille.

Je connais la capitale du Canada grâce à mon père mais je suis incapable de dire où ça se trouve par rapport à Safi.

« Je ne veux pas quitter le Maroc. Je ne veux pas que Henri et Rosette partent au Canada. »

Mes parents nous ont téléphoné. Avec Anna, on s'est disputés pour répondre au téléphone. Et finalement, c'est Jacqueline qui a pris le combiné. Ils ont pu voir Simone. Elle est un peu fatiguée mais elle va bien. Elle nous embrasse tous. Elle a très envie de rentrer à la maison. Elle ne manque de rien car elle et ses amis ont reçu des colis entiers de nourriture de la part de la communauté juive. Mes parents ont essayé de donner des bakchichs à la prison pour la faire sortir mais ça n'a pas marché. Ils vont devoir rester un peu plus longtemps à Nador.

Quand on raccroche, mes sœurs et moi, on fait la fête. Odette met de la musique dans le salon, et on se met à danser. On a mille raisons de chanter et d'être heureux. Pour Simone, pour Messodi, pour Odette qui est de plus en plus en forme. On s'amuse comme des fous. Au bout d'un moment, Jacqueline baisse la musique car elle a peur qu'on se fasse arrêter pour avoir fêté la victoire d'Israël.

30

Brahim ne sait pas écrire donc c'est moi qui le fais. Je crois très fort à mon plan.

- On a un problème. Toi tu ne sais pas écrire, mais moi je fais des fautes d'orthographe. Ecrire une lettre au Roi avec des fautes, c'est pas extra.

- Le roi, il a beaucoup de conseillers et de serviteurs. Quelqu'un doit être payé pour lui lire ses lettres. Donc c'est pas grave si l'un de ses conseillers voit les fautes.

- Mais oui ! Tu as raison ! Je vais marquer un mot spécial pour le conseiller qui lira la lettre.

Petit mot pour le conseiller du Roi qui lira la lettre : ne pas faire attention aux fautes d'orthographes et ne pas le dire au Roi.

- Mais on doit lui donner beaucoup de respect. C'est le Roi quand même. Il paraît qu'il faut toujours baisser la tête quand on lui parle.

- Oui mais là c'est une lettre. Donc il ne verra pas.

Cher Roi Hassan II

Nous sommes Brahim Al Sidri et Jacob Benshimon. J'espère que vous allez bien. D'abord, on voudrait vous dire qu'on a mis beaucoup de respect dans cette lettre.

- Qu'en penses-tu ?
- Oui, c'est bien.

Je continue.

On habite Safi. Vous connaissez ? Il y a la mer. Il y a de bonnes sardines.

- Dis-lui que mon père fait des poteries aussi !

Et le père de Brahim fait des très belles poteries. On vous écrit car on a besoin de votre aide.

- Ça se dit à un roi ça ?
- On n'a pas le choix. On a besoin de lui ! Comment tu veux le dire autrement ?

Il y a des juifs ici qui pensent que les arabes ne les aiment pas parce qu'ils sont juifs.

- On lui parle des disputes au marché ?
- Je ne sais pas. Quand je me dispute avec

Anna, ma mère nous dit qu'on a qu'à se débrouiller tout seul. Ça lui casse les pieds. Ecoute, j'ai une idée.

Vous connaissez la chouchouka ? C'est une salade avec des poivrons verts, des poivrons rouges, des tomates et plein de bonnes choses. Et ben Safi, c'est un peu comme la chouchouka. C'est un mélange de plein de gens : des juifs, des musulmans, des catholiques. Quand on retire un ingrédient, ça enlève le goût. Le problème c'est que les juifs partent car ils pensent que personne ne les aime ici.

- C'est super ton histoire de *chouchouka* ! Brahim est enthousiaste.

Alors, si vous avez le temps, pouvez-vous venir à Safi et dire aux juifs que vous avez très envie qu'ils restent à Safi ? Vous n'êtes pas obligé de passer beaucoup de temps ici. Juste cinq minutes. Et puis vous repartez.

- Demande lui s'il veut manger chez moi, ma mère peut lui faire un bon tagine.
- Tu invites le Roi à manger ?
- C'est surtout pour être poli. Et puis, après tout ce chemin, il aura peut-être faim ou soif.
- Tu as raison. Il peut aussi venir chez moi. Ma mère peut aussi lui faire un couscous, une *pastilla*, une *dafina*, un poulet aux olives…
- Bon, chez toi ou chez moi, c'est lui qui décidera.

Vous pouvez aussi venir manger chez l'une de nos mères si vous avez faim. Ce sera avec plaisir.

- Mais s'il vient avec tous ses conseillers chez ma mère, elle va paniquer !
- La mienne aussi ! Faut espérer qu'il refusera l'invitation. Bon qu'est-ce qu'on met après ?
- Ben au revoir.

Au revoir.
Signé Brahim et Jacob.

- Il faut que tu mettes ton adresse pour la réponse. Il vaut mieux qu'ils ne viennent pas avec improviste.
- C'est qui « le proviste » ?
- C'est quelqu'un qui vient sans prévenir. Ma mère ça la met toujours dans des états !

Jacob Benshimon
Villa B
En haut de la Biada.
Safi

- Est-ce que tu as l'adresse du Roi ?
- Tout le monde sait où il habite. Il n'y en a qu'un.
- Oui, mais il a plusieurs maisons. Tu n'as qu'à mettre celle de Rabat.

Roi Hassan II

A sa maison royale de Rabat
Maroc

- Rajoute que c'est personnel.
Personnel

Je plie la lettre et la glisse dans une enveloppe. Je la lèche comme le fait mon père. L'idéal serait que le Roi vienne pendant les vacances scolaires d'été. Brahim connaît le facteur. Il s'appelle Icham. C'est un ami de son père. C'est lui qui va s'occuper de l'envoyer.

Nous n'avons plus qu'à attendre maintenant, en espérant qu'il réponde vite.

31

La libération de Simone prend du temps. Tout le monde s'en est mêlé. Le consulat de France, l'agence juive, l'ami du Roi : monsieur Amrou. Mon père revient à Safi car il doit s'occuper de son travail et il ne peut pas s'absenter aussi longtemps. Ma mère reste à Nador pour être près de ma sœur.

Raquel est venue chez nous pour voir mon père, ce qui me permet d'avoir des informations fraîches :

- Alors, comment elle va ? demande ma tante.

- C'est difficile à dire. Elle a des bleus sur le visage et dans le cou, une blessure à la lèvre et à la main.

- *Hsismi**! Maintenant qu'elle est officiellement en prison, ils ne vont plus la toucher ! Toute cette histoire est bientôt finie. Elle a le moral ?

- Elle n'en peut plus d'être enfermée

- Bon, moi j'ai une bonne nouvelle. Le Roi est d'accord pour intervenir en sa faveur. On a vraiment beaucoup de chance. Ça ne devrait plus être très long maintenant. Et puis, on est prêts à payer le prix qu'ils demandent.

Mon père qui était épuisé par le voyage retrouve de l'énergie.

- Merci tata, pour tout ce que tu as fait.

- Tsss ! Arrête tes bêtises voyons ! Ta fille c'est comme ma fille. Et puis attends qu'elle soit à la maison avant de parler.

Le jour qui suit, on apprend que Simone est enfin libérée ainsi que son amie, la fille de madame Abitbol. Ça fait plus d'un mois qu'on ne l'a pas vue, et elle sera enfin à la maison pour Chabat prochain. On a du mal à y croire. On veut la voir d'abord, pour ne pas se faire de fausse joie.

Le jour de son retour, avec mes sœurs, on ne tient plus en place. J'ai tenté ma chance ce matin auprès de Jacqueline pour ne pas aller à l'école.

-Je veux être là quand ils arrivent ! C'est la fin de l'année en plus. On ne travaille presque pas.

Mais Jacqueline n'était pas du tout ouverte à la négociation.

- Jacob, l'école c'est obligatoire.

Cette journée passe à deux à l'heure. Je vais voir madame Sebag pour la prévenir que ma sœur rentre aujourd'hui.

- Je suis très contente pour vous ! s'exclame-t-elle. Tu souhaiteras une bonne santé à Simone. J'ai allumé des bougies pour elle, tu sais.

- Anna et moi, on voudrait partir plus tôt pour l'accueillir.

- Retourne à ta place Jacob !

- C'est oui, ou c'est non ? Je demande.

- C'est non !

Je suis tellement énervé que j'hésite à lui donner le même traitement qu'à Monsieur Tobelem. Mais j'ai pitié d'elle. Elle est vieille. Je ne peux pas la faire tomber malade.

Après l'école, Anna et moi on rentre à toute vitesse. J'ai proposé à Brahim de venir accueillir Simone avec nous. Après tout, lui aussi a participé à sa libération.

On s'assoit sur les marches devant la villa avec du pain au maïs rempli de sucre.

- Ça y'est, j'ai donné la lettre pour le Roi à Icham, le facteur.

- Il a dit quelque chose ?

- Il a cru que c'était une blague. Il a rigolé et il a rangé la lettre dans a sacoche.

Alors qu'on commence à peine une partie, j'aperçois la Traction noire.

- Elles arrivent ! Je crie.

Mes sœurs, mon père, Papi Prosper et Aïcha sortent devant la maison. Ma mère se gare. Simone sort de la voiture. Ça nous fait tout drôle. Jacqueline se met à pleurer. Elle a beaucoup maigri et elle a plutôt mauvaise mine. Elle a une petite croûte près de la lèvre. On la prend chacun dans nos bras.

Ma mère est tout excitée.

- Laissez-la se reposer un peu ! Va t'allonger dans ta chambre, *nabibesq ana**. Aïcha, je t'en prie, monte-lui un thé à la menthe avec des pignons comme elle aime, s'il te plait.

Simone obéit sans commentaire.

Brahim reste un peu avec nous puis, il rentre chez lui. Il est aussi heureux que nous.

Moi, je ne peux pas m'empêcher d'être fier de moi. Mes parents ne le savent pas, mais c'est aussi grâce à moi que Simone est à la maison. Avec mon pouvoir, j'ai réussi à protéger ma sœur et à la faire revenir. Et c'était loin d'être facile. Je calcule le nombre de fois en tout où j'ai dit : « je veux que Simone revienne à la maison en bonne santé ». Plus de cent mille fois au moins ! Ça a marché !

Tata Raquel est en pleine forme.

- Ruby, qu'est-ce que c'est que cette robe ! Tu veux te faire arrêter toi aussi ?

Mon père rigole. Mais elle en a une pour lui aussi.

- Max, c'est quoi cette Eau de Cologne ?

- Je l'ai achetée à Nador, j'avais oublié la mienne. Tu aimes ?

- Je n'ai pas trop le choix. On te sent jusqu'à Souira kdima.

Vient le tour de mon grand-père :

- Prosper, tu as pris du poids. Il faut que tu arrêtes de manger la *chebbakia**. Je n'aimerais pas être tes babouches !

Elle nous embrasse et elle monte voir Simone dans sa chambre. Elles discutent un long moment avec la porte fermée. Impossible d'entendre ce qu'elles se racontent. Puis Raquel redescend. Elle a mal aux articulations, alors elle se plaint.

- On devrait abolir les escaliers dans les maisons. Ceux qui les construisent n'aiment pas les vieux. Mais ils verront quand ils auront mon âge !

Elle s'installe dans le salon avec mes parents. Et là, je peux tout écouter. Raquel pense que Simone doit quitter le Maroc au plus vite. Elle n'est pas en sécurité. La police marocaine finira par trouver une autre raison pour l'arrêter. A leurs yeux, c'est une traîtresse. C'est une sioniste.

- Israël aimerait la récupérer, dit-elle à mes parents.

- Il n'en est pas question, tu m'entends ! C'est beaucoup trop dangereux, fait ma mère. Elle n'ira pas là-bas.

- Tu dramatises un peu Ruby. Je te rappelle que la guerre est finie, dit Raquel.

- Oui, mais les arabes finiront par lancer une nouvelle attaque, ajoute mon père.

- Et alors ? C'est quoi votre solution ?

Mes parents ne répondent pas.

- Envoyez-la faire des études en France ? propose Raquel.

Quand Simone a eu son bac, elle s'était disputée avec mes parents car elle ne voulait pas faire d'étude. Elle voulait travailler.

- Ce qui est sûr c'est qu'elle ne peut plus rester au Maroc. Ils trouveront une raison de la remettre en prison.

Ça me fait un coup au cœur. Simone doit partir. Mais elle vient à peine de revenir ! Je suis triste. Impossible de faire les exercices de grammaire que Madame Sebag nous a donnés pour demain avec cette nouvelle.

Je tape à la porte de la chambre de Simone.

- Tu es fatiguée ?

- Non, ça va.

Elle est allongée sur son lit avec un magazine. Son visage est différent. Il est plus blanc. Elle a des creux dans les joues et des cernes. Je m'assois à côté d'elle.

- Tu nous as fait très peur.

- …

- Les parents ne nous disaient rien comme d'habitude. C'est Brahim qui a su dans quelle prison tu étais.

- Maman m'a dit.

- Comment c'était la prison ?

- Dur.

- Messodi nous a raconté que les policiers l'avaient tapée pour qu'elle avoue qu'elle avait chanté à la victoire d'Israël. Elle a été obligée de signer un papier avec des mensonges écrits dessus.

La colère se voit sur le visage de Simone. Mais elle ne dit rien.

- Dis-moi comment c'était !

J'insiste. Messodi avait fini par tout me raconter.

- Non !

- Allez ! S'il te plaît ! Je le dirai à personne !

Simone explose et me crie dessus.

- Tu crois que j'étais en vacances et que je vais te parler de mon voyage ? Grandis un peu Jacob ! J'étais enfermée, comme une criminelle, alors que j'essayais d'aider des gens à partir vivre en Israël ! Tu trouves que ça ressemble à un crime ça ? Tu trouves ça normal toi ? Oui, ils nous ont tabassés en nous traitant de chiens de sionistes !

Elle réalise qu'elle est allée trop loin. J'ai les larmes dans les yeux. Simone se calme et me prend dans ses bras.

- Qu'est-ce que tu m'as manqué mon frère !

Elle me serre fort et moi aussi. Ça me fait du bien.

- Allez ! Ne reste pas trop près de moi. J'ai attrapé des poux là-bas. Maman va devenir folle, s'ils s'installent aussi sur ta tête.

On passe à table. Je regarde ma famille et je souris. Il manque Messodi qui est repartie à Marrakech et Rebecca qui est encore à Montpellier. Mais on est tous réunis autour d'un bon repas que ma mère a préparé. On discute, on se taquine, on rit. C'est comme avant. Et je me promets de tout faire pour que ça reste comme ça pour toujours.

32

Le lendemain, quand j'aperçois Brahim, je vois tout de suite que quelque chose ne va pas.

- Icham a parlé de la lettre à mon père. Et mon père, il était très en colère. Je me suis pris une de ces *treha**.

- Mais pourquoi ?

- Parce que c'est interdit d'écrire au Roi ! Il ne faut pas le déranger quand ce n'est pas important.

- Mais c'est très important ! Et la lettre ? Est-ce qu'il l'a quand même envoyée ?

- Je ne sais pas. Mon père était énervé. J'ai pas revu Icham. Je ne sais pas. Mais peut-être qu'il l'a jetée à la poubelle.

- C'est une catastrophe ! Il n'y a que le Roi qui peut nous aider.

Ça m'a mis un premier coup au moral. Le deuxième, c'est quand je rentre chez moi. Simone est dans le salon avec une petite valise. Je comprends immédiatement. Ça y'est, elle quitte le Maroc.

- Tu pars déjà ?

- Oui.

- Tu reviens quand ?

- Je ne vais pas revenir. Le Maroc c'est fini pour moi.

- Tu es triste ?

Ses larmes montent toute seule et elle me répond :

- Oui.

Elle essuie ses yeux et elle se force à sourire. On se fait un câlin.

- Tu m'écriras ? Elle me demande.

- Je préfère le téléphone ! Ça prend moins de temps !

- Depuis la France ? Tu es fou ! Moi, je t'écrirai.

- Bon d'accord, moi aussi.

Mon père va l'accompagner en voiture jusqu'à la station de car de la CTM. C'est l'association de Raquel qui s'est occupée de son voyage. Elle prendra l'avion à Casa pour la France. Comme mes parents ont refusé qu'elle aille en Israël, elle va rejoindre Rebecca à Montpellier pour le moment.

C'est le moment de se dire au revoir. Sans surprise, ma mère a préparé un sac plein de nourriture. Il n'y a pas une personne qui ne pleure pas quand elle monte dans la voiture. Ce qui me fait pleurer davantage c'est quand j'entends mes parents lui dire :

- Allez ma fille. Si Dieu veut, on te rejoint bientôt.

J'en avais peur. C'est en train de devenir réel. Ils préparent notre départ.

Une fois que Simone est partie, je m'enferme dans les toilettes et je fais marcher mon pouvoir de toutes mes forces. C'est tout ce qui me reste maintenant avec la lettre au Roi qui est sûrement dans une poubelle.

« Je ne veux pas quitter Safi. Je ne veux pas quitter Safi. »

Je l'ai beaucoup utilisé pour mes sœurs et pour réduire le temps de la guerre. J'espère qu'il ne va pas me lâcher maintenant.

***

La fin de l'année scolaire, c'est dans une semaine. Qui dit fin d'année, dit bulletin de fin d'année. Au final, Madame Sebag est beaucoup moins sévère que monsieur Tobelem. En plus, elle a su tout ce qui était arrivé à notre famille cette année. Donc j'espère que mon bulletin ne sera pas « une mauvaise surprise » comme dit ma mère. Anna n'a pas de soucis à se faire. Elle a toujours des bonnes notes et en plus madame Sebag l'aime bien. Elle est amie avec sa petite fille, donc ça aide. Ma mère est quand même passée la voir avant qu'elle remplisse les bulletins. Madame Sebag lui a dit que j'étais intelligent – ce qui a beaucoup plus à ma mère- mais elle a écrit sur mon bulletin que je pouvais mieux faire et que j'avais un poil dans la main – ça, ça ne lui a pas du tout plu.

Je lui ai demandé ce que ça voulait dire. Elle m'a répondu que j'étais fainéant et que je devais faire plus d'effort.

- L'essentiel, c'est que je ne redouble pas ! j'ai dit fièrement.

- Wouliwouli ! Il n'y a pas de ça chez nous ! Tu devrais être premier de la classe !

- Ça sert à quoi d'être premier ?

Ma mère a mis quelques secondes à répondre.

- Si tu étais premier, tu le saurais !

Mes parents ne m'ont pas puni, mais ma mère me force à lire des livres cet été. Et mon père ne me lâche pas avec ses jeux sur les capitales et sur les tables de multiplication.

Madame Sebag nous annonce qu'elle ne sera plus là à la prochaine rentrée. Il y aura un nouveau professeur.

Sur le chemin de l'école, je demande à Anna :

- Elle t'a dit Yollande pourquoi sa grand-mère ne sera plus notre maitresse à la rentrée ?

- TA maitresse ! précise-t-elle. Je te rappelle que je rentre au collège moi !

- Oh ça va ! Arrête de crâner !

- Les Sebag partent tous vivre en Israël.

- Eux aussi ?

- Mais Jacob, tout le monde part !

- Tais-toi !

- Nous…

- Tais-toi, je te dis !

Si je lui tire les cheveux, elle va cafter et je vais me faire punir. Mais si elle prononce encore un mot, je ne pourrai pas me retenir.

Heureusement pour elle, je retrouve Brahim. On s'éloigne d'elle en marchant derrière.

- Tu as des nouvelles de la lettre ?

- Non.

- Il faut que tu demandes à Icham ce qu'il en a fait ! Simone est partie. Mes parents n'ont plus rien qui les empêche de partir.

- Tu leur as dit que tu ne voulais pas quitter Safi ?

- Oui, plein de fois mais ils s'en fichent. En plus même mes sœurs sont contentes d'aller en France.

Ni lui, ni moi n'avons de solution. On joue mais on a la tête ailleurs.

A la maison, je laisse traîner mes oreilles partout. Je surveille mes parents de très près. Je surprends une discussion entre ma mère et la voisine qui me rassure. Myriam est venue demander une recette et finalement, elle est restée prendre un thé à la menthe.

- J'ai encore entendu une dispute tout à l'heure dans la rue, raconte-t-elle. Ça n'arrête pas. Les gens sont devenus fous depuis la fin de la guerre.

- Je ne te le fais pas dire. J'ai failli me fâcher

avec le poissonnier. Je voulais lui acheter du mérou pour *Chabat*, il a essayé de me vendre du poisson pas frais.

- Le coiffeur a fermé. Dis-moi Ruby, j'espère que Max et toi, vous n'envisagez pas de partir ?

- Absolument pas ! s'écrie ma mère. Les affaires de Max se portent à merveille. Et ce n'est pas une dispute avec le poissonnier qui va nous faire partir.

- Ah, je suis contente d'entendre ça. Bon, alors cette recette de boulette ?

Je n'arrive pas à savoir si ma mère ment. Elle n'arrête pas de me répéter qu'elle a horreur du mensonge. Mais comme Myriam est arabe, elle ne veut peut-être pas lui dire. Ou alors, ils ont changé d'avis car les actualités sont meilleures. On parle de moins en moins de la guerre. A la radio, ils disent même que la situation s'est calmée.

« Je ne veux pas quitter Safi. Je ne veux pas quitter Safi ».

33

Ça y'est, c'est enfin les grandes vacances ! Ma cousine Phoebe et son frère Soly viennent de Casablanca passer le mois de juillet chez nous. Ses parents sont les enfants de Shirley, la sœur de ma mère. Ça fait longtemps qu'on ne les a pas vus. Phoebe a le même âge que moi. Son frère est plus petit de deux ans mais ma mère nous oblige à jouer avec lui. De temps en temps, une de mes sœurs est d'accord pour s'en occuper et on peut sortir tous les deux et faire des jeux de grands.

Phoebe a de l'imagination. Quand on joue ensemble, on ne peut plus s'arrêter et on ne voit pas le temps passer. Elle invente des histoires trop géniales. Quand Brahim l'a vue pour la première fois l'été dernier, il était super timide. Il ne parlait plus. Il la regardait comme s'il n'avait jamais vu une fille d'aussi près. C'est peut-être à cause de ses taches de rousseur ou alors, il est amoureux.

Cette année, ça va mieux. Il est un peu plus à l'aise. Phoebe a plein de choses à raconter. Même si elle est juive, ses parents l'ont inscrite dans une école catholique où il y a plein de bonnes sœurs. Quand elle les imite, on est morts de rire. Moi aussi, j'imite madame Sebag mais le meilleur en imitation, c'est Brahim. Quand il imite le marchand de glace qui n'a plus de dent ou ma mère quand elle essaie de m'embrasser, on est obligés de rire.

Alors qu'on mange des limons et des amandes vertes tous les trois sur les marches devant chez moi, je demande à Phoebe :

- Tes parents veulent quitter le Maroc ?

- Pendant la guerre avec Israël, ils n'arrêtaient pas de dire qu'ils allaient partir. Mais là, non. Mon père vient de racheter un magasin de tissus. Et puis, je le connais, il aime trop Casa. Et toi ?

- Je ne sais pas. Ils ont dit plusieurs fois qu'ils voulaient partir en France.

- Quand ?

- Je ne sais pas. Certainement l'année prochaine. Pour le moment, depuis que Simone est sortie de prison, ils sont heureux comme avant. J'espère qu'ils ont changé d'avis.

- Oh mon pauvre ! Tu n'auras qu'à revenir quand tu auras dix-huit ans ! Quand on est majeur, on fait ce qu'on veut !

- Dix-huit ans ? Mais c'est dans super longtemps ! Je ne vais pas rester dix ans en

France !

- Ça va passer vite. Et puis, papi Prosper ne partira pas. Il est trop vieux et il ne parle que l'arabe. Impossible qu'il habite en France. Il ne voudra jamais. Tu pourras revenir chez lui pendant les vacances.

Elle n'a pas tort pour Papi. Ça m'étonnerait que mes parents le laissent tout seul ici.

- Je veux rester à Safi, dans ma maison, avec mes amis, mon école et la plage !

- Tu n'aurais pas une idée pour que ses parents restent ? demande Brahim.

- Ce n'est pas d'une idée, mais d'un miracle dont tu as besoin s'ils ont décidé de partir !

On lui raconte pour la lettre au Roi.

- Et pourquoi, vous n'en refaites pas une ?

- Mais comment on fait pour l'envoyer ? On aura toujours le même problème.

- Vous vous noyez dans un verre d'eau ma parole ! Ecrivez-la, je m'en occuperai.

Les grandes vacances, c'est le vrai bonheur. C'est encore meilleur cette année après tous ces moments qu'on a passés à s'inquiéter. Mes parents ont retrouvé le sourire. Tout est rentré dans l'ordre. On va à la plage presque tous les jours. J'y retrouve mes cousins et quelques copains de classe. Ma mère nous prépare des sandwichs de thon à la catalane. Aujourd'hui, il y avait de grosses vagues, avec Armand et Phoebe, on a beaucoup ri quand Armand s'est retrouvé les fesses à l'air, sans maillot de bain.

Mon père recommence à faire des blagues à ma mère. On est assis sur des serviettes à la plage de Souerac kdima. Avec Henri, ils lui font croire que Johnny Halliday fait une tournée et qu'il va venir à Safi. Il a commandé un costume de scène à Henri. Ma mère est folle de joie ! On dirait une enfant.

- Allez dis-lui Henri ! fait mon père.

- Maintenant ? demande mon oncle.

- Oui, sinon, je lui dis.

- Me dire quoi ? s'impatiente ma mère.

- Johny Halliday va venir dîner à la maison ! annonce mon père.

Ma mère est bloquée. Il se passe trop de choses à l'intérieur de sa tête. Entre la joie et la panique, elle finit par réagir. Elle est dans un état d'excitation maximum. Ce qui est sûr c'est qu'elle croit sur parole ce qu'elle vient d'entendre. Je la connais, elle est déjà en train de composer le menu et de prévoir un nettoyage complet de la maison.

Phoebe, Armand et moi, on a envie de rire mais on se retient. Henri et mon père pourraient faire durer la plaisanterie encore longtemps. Mais Rosette a pitié de ma mère.

- Ruby ! Ma chérie ! Ça doit être l'amour, tu crois tout ce que te raconte ton mari, ma parole !

- Quoi, il ne vient pas ?

- Qu'est-ce qu'il viendrait faire à Safi ?

- Peut-être qu'il aime les sardines ! s'amuse ma

mère.

- Et tu crois vraiment qu'Henri ferait des costumes pour Johnny Halliday ?

- Il en a déjà fait pour Mohamed V il y a quelques années, dit ma mère alors pourquoi pas !

Tout le monde rigole. Ma mère est un peu déçue mais elle rit aussi.

C'est alors que Phoebe me fait un mouvement de tête. On va au bord de l'eau.

- Tu as entendu ?

- Quoi ?

- Henri a fait un costume pour Mohamed V !

- Et alors ?

- Alors, ça veut dire qu'il connaît la maison du Roi. C'est par lui qu'il faut passer pour envoyer ta lettre !

- Mais oui ! Bien sûr !

Je suis excité. Dès qu'on rentre à la maison, je file dans ma chambre et j'écris la même lettre. Je la fais lire à Phoebe.

- Elle est super cette lettre.

Je me sens fier. Ça va marcher, c'est sûr. Je la mets dans une enveloppe. Il faut maintenant que je réussisse à voir Henri seul.

Brahim travaille aussi pendant les vacances pour son père. Mais on réussit à se voir presque tous les jours. Pour remercier son frère de son aide pour Messodi d'abord et pour Simone, ma mère a invité toute sa famille. Et même si j'avais des doutes, ils ont accepté de venir chez nous.

Brahim avait commencé par me dire que son père avait beaucoup de travail et qu'il ne pourrait pas se libérer facilement.

- Il travaille le soir ton père ?

- Oui, quand il a beaucoup de commandes.

Je sentais que c'était une excuse. J'ai quand même insisté.

- Ce serait super que nos parents deviennent des amis. Ça donnerait une raison de plus pour qu'ils restent ?

- Oui.

Il a finalement réussi à les convaincre. On ne s'en est pas parlé mais on craint tous les deux que nos pères se disputent pendant le repas. Pendant la guerre, le père de Brahim était pour les pays arabes et je suis sûr qu'il disait du mal des juifs. Et puis, il a puni Brahim à cause de la lettre qu'on a écrite. Mon père aussi était en colère contre les arabes. J'ai utilisé mon pouvoir pour que le dîner se passe bien.

Au final, c'était une super soirée. Ils sont venus avec un magnifique plat en poterie. Comme d'habitude ma mère a dit : « Mais il ne fallait pas vous déranger ! ». J'ai vu dans ses yeux que ça lui plaisait vraiment. Elle a demandé à Aïcha de l'utiliser pour servir le mouton. Au bout de quelques minutes, ma mère était déjà en train d'échanger des recettes de gâteaux avec la mère de Brahim. Quant à mon père, ça l'intéressait beaucoup de savoir comment on fait les poteries. Il a posé des questions et le père de Brahim l'a même invité à venir dans son atelier. Mohamed est venu avec sa fiancée, Fatima. Elle ne parle pas beaucoup. Elle a un joli sourire même si elle a un grain de beauté au-dessus de la bouche. On a l'impression qu'elle a une moustache. Il nous a raconté à nouveau comment il a réussi à savoir où était Simone. Il a beaucoup d'amis un peu partout au Maroc car il a un peu voyagé quand il était plus jeune. Il y a trois ans, il travaillait comme jardinier pour un chef de commissariat à Al Hoceima, Salim. Il habitait dans sa maison avec sa femme et ses enfants. Et Salim le considérait comme quelqu'un de sa famille. C'est lui qui lui a donné envie de faire ce métier. Il lui a même fait une lettre de recommandation pour le chef de la police de Safi. Quand Mohamed l'a appelé pour lui demander son aide pour trouver Simone, Salim en a parlé à ses contacts et il a su où elle était.

Tout le monde a discuté avec tout le monde. La famille de Brahim parle mieux arabe que français et ils font beaucoup de fautes mais ma mère ne les a pas corrigées. Si ça se trouve, quand elle parle arabe, elle fait aussi des fautes. Personne n'a parlé d'Israël ou de la guerre. C'est mieux comme ça.

Brahim était aussi content que moi. Nos parents se sont même promis de se revoir, chez eux la prochaine fois. Ce ne sont pas les premiers arabes qui viennent dîner à la maison mais plus les arabes et les juifs dineront ensemble, moins les juifs auront envie de partir.

***

J'attendais avec impatience, le moment où je pourrais donner la lettre pour le Roi à Henri. On se retrouve à la plage de Sidi Bousid. Quand mon père part se baigner, j'en profite pour m'assoir sur la serviette de mon oncle et je lui chuchote à l'oreille que j'ai besoin de lui parler seul. On va au bord de l'eau.

- Henri, est-ce que tu sais garder un secret ?

- Je suis tailleur et gardien de secrets ! Tu crois que je dis à tout le monde les tours de fesses que je mesure avec mon mètre ? Les femmes de Safi me tueraient !

- Armand m'a dit que tata Rosette veut partir vivre au Canada mais toi tu ne veux pas. C'est vrai ?

- Oui, c'est vrai.

- Moi, non plus je ne veux pas quitter Safi. Alors, avec mon copain Brahim, on a écrit une lettre au Roi.

- Une lettre au Roi ?

Il est surpris.

- Oui, on l'a invité à venir faire un discours à Safi pour demander aux juifs de rester. Si c'est le Roi qui leur demande, ils ne pourront pas dire non ?

- C'est juste.

- J'ai besoin de toi. On ne sait pas comment

faire pour envoyer la lettre. Comme tu as déjà fait un costume pour son père, Mohamed V, tu dois connaitre l'adresse de Hassan II ? Tu pourrais l'envoyer pour nous ?

Mon oncle réfléchit. Il hésite.

- On ne peut pas rester sans rien faire ! Tous les juifs s'en vont, tonton ! Le Roi réussira à les faire changer d'avis ! Même Rosette ! S'il te plaît ! Aide-nous !

Il hésite encore. Puis il accepte.

- Je peux faire ça pour toi.

- Tu n'en parles pas à mes parents ?

- Je n'en parlerai à personne. Tu peux compter sur moi.

- Tu vas voir, je grandirai ici. Et toi, tu vieilliras ici.

Ma remarque le fait rire.

- Tu n'as vraiment pas envie de partir, toi ?

- Non, pour rien au monde. J'aime le Maroc.

- Moi non plus mon petit Jacob. Je n'ai vraiment pas envie de partir.

34

Hier, c'était la Fête du Trône. On s'est tous retrouvés place du Rbat. Il y avait un monde fou pour le défilé : des juifs, des arabes, des catholiques partout dans les rues. Ma mère et mes sœurs étaient en caftan. C'était super. J'étais très fatigué quand on est rentrés. Je n'ai pas eu le courage de faire marcher mon pouvoir comme chaque soir, pour ne pas qu'on déménage. Jusqu'à présent, voici la phrase que je répète tous les soirs depuis un mois. « Je veux que ma famille, mon grand-père et tous mes oncles et tantes restent à Safi pour toute la vie ». Ça a bien marché. Aucun oncle et tante n'a annoncé son départ. Et je n'ai plus entendu personne parler de partir en France. Mes parents sont comme avant la guerre. J'ai sûrement réussi à les faire changer d'avis.

Henri m'a assuré qu'il avait bien fait partir la

lettre pour le Roi. Ça fait presque quinze jours maintenant. Mais à Chabat dernier, on est allés chez lui. On s'est parlé seul à seul.

- Je n'ai pas encore eu de réponse, je lui ai dit. Ça met longtemps une lettre à arriver depuis Rabat ?

- Jacob, je ne sais pas si le Roi va te répondre. Il a vraiment beaucoup de choses à gérer. Gouverner un pays, ça demande beaucoup de travail.

- Oui, mais les juifs font partie de son pays et bientôt ils n'en feront plus partie ! Ça fait partie de son travail, non ?

Rosette nous a interrompus à ce moment-là.

- Qu'est-ce que vous fabriquez tous les deux ? On passe à table.

Tous les jours, je me réveille et je pense au Roi. A sa réaction quand son conseiller lui lira la lettre.

Le lendemain de la Fête du Trône, la porte sonne. C'est Henri. Ma mère lui a commandé une nouvelle robe et comme il a un rendez-vous à côté pour prendre une commande, il est venu en personne la lui déposer.

Je viens lui dire bonjour. Pendant que ma mère fait son essayage, il me chuchote à l'oreille :

- C'est pour toi que je suis venu en fait !

- Ah bon ?

- Tu as entendu le discours du Roi hier pour la fête du Trône ? C'est sûr il a lu ta lettre !

Je souris jusqu'aux oreilles.

- Ah bon ? Mais qu'est-ce qu'il a dit

exactement ?

- Il a dit qu'il fallait que tout le monde soit uni et soudé. Il a dit qu'il voulait que la paix règne dans son pays. Il a dit qu'il protégerait tous les marocains sans exception. Il n'y a pas de doute, c'est ta lettre !

- Il n'a pas parlé de Safi ?

- Non. Mais il a bien parlé de tous les marocains du Maroc, aussi bien lui juifs, les catholiques que les arabes.

- Tu crois que les juifs ont bien entendu le discours ?

- C'était à la radio hier ! Rosette et moi, on a pris la décision de rester au Maroc. C'est grâce à toi !

Je suis fier comme je ne l'ai jamais été. Je remercie Henri pour cette super bonne nouvelle. J'ai toujours su que mon idée de lettre au Roi allait marcher. Je dois absolument aller voir Brahim. Je cours jusqu'à chez lui. Sa mère me dit qu'il livre une poterie pas loin de chez moi. Comme il fait très chaud, je préfère l'attendre. Sa mère en profite pour me donner une boite de *cornes de gazelle* pour ma mère.

Brahim arrive. Il est content de me voir. Il l'est encore plus quand je lui dis :

- Tu as écouté le discours du Roi hier ?

- Non.

- Il a lu notre lettre ! Et il en a parlé dans son discours ! C'est Henri qui l'a entendu. Et du coup, mon oncle et ma tante restent au Maroc ! Ça a marché !

Brahim n'en revient pas ! Il est aussi fier que moi.

- Le Roi nous a écoutés !

- Tu te rends compte ! C'est comme si on était devenus les conseillers du Roi tous les deux !

- Et tes parents ont décidé de rester eux aussi ?

- Je pense que oui. Ils n'en parlent plus du tout. Même quand j'ai posé la question à Odette la semaine dernière, elle m'a dit de ne pas m'inquiéter et qu'il fallait profiter de l'été ! On a réussi Brahim !

Brahim et moi, on forme une belle équipe.

35

Nous sommes le huit août. Mon père nous a annoncé à table comme si c'était la plus grande et la meilleure nouvelle de l'année que nous allions accompagner Rebecca en France fin août et fêter l'anniversaire de ma mère à Paris devant la Tour Eiffel. Odette est folle de joie. Anna aussi. Moi, pas vraiment. Même si ça pue le guano quand il fait chaud, même si parfois on transpire tellement qu'on n'a pas d'énergie, je préfère rester à Safi pour les vacances. Et s'ils aiment la France et qu'ils veulent y rester ?

Depuis qu'elle sait qu'on va en France, Odette est excitée comme une mouche.

- Tu te rends compte Jacob ! On va à Paris ! La ville de l'amour ! La capitale de la mode !

Elle prend un stylo qu'elle met dans sa bouche comme si c'était une cigarette et elle se met à marcher comme sur des talons. Puis, la minute d'après, elle chante Adamo et m'entraîne avec elle

:

« Vous permettez monsieur,
Que j'emprunte votre fille ?
Et, bien qu'il me sourie,
Moi je sens qu'il se méfie. »

On danse la valse tous les deux.

- Ça va être extraordinaire, tu vas voir !

Elle n'arrête pas de faire et de refaire sa valise. Elle veut emporter le plus de choses possible.

Ma mère, elle, ne sait plus où donner de la tête. Allez savoir pourquoi, il faut que la maison soit impeccable avant notre départ. Elle remplit les valises avec tellement d'habits qu'on va pour pouvoir se changer deux fois par jour ! Au cas où il fasse froid, au cas où il fasse chaud.

Mon père doit aller à la banque, il me dépose rue du Rbat. J'en profite pour aller voir Brahim.

- Combien de temps tu vas rester en France ?

- Quinze jours.

- C'est long.

- Le seul truc bien c'est que je vais louper la rentrée.

- Je ne suis jamais allé en France.

- Moi, non plus, je te raconterai. Tu veux que je te rapporte un camembert ?

- Berk ! Ça pue ! Non, plutôt des chewing-gums.

- Ok. J'ai décidé d'être insupportable pendant ce voyage. D'abord, j'ai prévu de tomber malade.

Ensuite, je vais faire exprès de me perdre pour leur faire peur. Comme ça, ça leur laissera un mauvais souvenir et ils n'auront plus jamais envie d'y retourner.

- Ne te perds pas pour de vrai !

On passe l'après-midi ensemble à explorer le champ derrière la maison, en imaginant qu'on est poursuivis par des millions de fourmis.

La veille du départ arrive. Je demande l'autorisation d'aller chez Brahim pour lui dire au revoir. Mais ma mère refuse car elle dit qu'on a trop de choses à faire. On va partir avant le lever du soleil demain matin. Je dois me coucher tôt. Elle s'est occupée de mes habits mais elle m'a demandé de préparer un sac avec des jouets pour le voyage. J'ai mis quelques noyaux d'abricots et des osselets. Elle m'a forcé à prendre deux livres pour m'entraîner à la lecture.

On a chargé les deux voitures au maximum : la Traction et la 404. Ma mère a recouvert tous les meubles avec des draps et elle a fermé la maison. On a embrassé Aïcha. Et on est tous partis.

Je n'imagine pas une seule seconde qu'on part pour toujours. Qu'est-ce que j'aurais pu faire ? Qu'est-ce que j'aurais pu dire ? Les enfants sont trop petits pour tout dans cette famille.

Mes parents ont attendu qu'on soit sur le bateau pour Marseille pour me l'annoncer. Mes sœurs savent déjà. C'est mon père, qui s'en est chargé :

- Jacob, tu sais, la France est un très beau pays. Tes deux sœurs, Simone et Rebecca y sont très heureuses. On a décidé avec ta mère de commencer une nouvelle vie.

Mon cœur bat très fort. Il est sur le point d'exploser. Mon père ajoute :

- Nous ne reviendrons pas au Maroc. Nous allons vivre en France, à Paris. Tu vas voir, tu vas beaucoup te plaire.

Je ne respire plus. Je pousse un cri. Mon père essaie de continuer le discours qu'il a préparé mais je ne l'écoute pas. Ma mère essaie de me prendre dans ses bras. Je me débats et je me mets à courir. Mes parents essaient de me rattraper. Ils crient mon nom mais je cours vite. On est sur un bateau. Donc je ne peux pas aller loin. Ils ont tout prévu. Ils ne m'ont rien dit avant car ils savaient. Je trouve une cachette à l'arrière du navire. Le Maroc est de plus en plus loin. Je regarde la mer. Je pense même à sauter et à nager jusqu'au ravage. Mais le bâteau va trop vite. Je me mets à pleurer et j'ai l'impression que je ne vais jamais pouvoir m'arrêter. Mon pays, mon beau pays est en train de disparaître au loin.

Odette réussit à me retrouver et essaie de me consoler. Mais elle n'y arrive pas. Elle m'explique mais je me fiche totalement de ce qu'elle me raconte.

- Simone nous a trouvé un très bel appartement à Paris, tu vas te faire plein de nouveaux copains. Tu verras mon Jacob, ça va être dur au début mais tu seras heureux. Paris est une ville magique !

- Laisse-moi !

- Mon Jacob, je n'aime pas te voir dans cet état.

- Pars !

J'ai du mal à parler. Mes larmes coulent encore. Mon pouvoir m'a lâché. Je l'ai trop utilisé pour ramener mes sœurs à la maison. Ou peut-être que Brahim avait raison depuis le début, je n'en ai jamais eu.

Brahim. Je n'ai même pas pu lui dire au revoir. Il va se demander pourquoi je ne reviens pas. Il va croire que je l'ai abandonné. Son visage apparaît devant moi. Ses yeux pleins de cils, tout fier quand il gagne, son rire quand on fait des bêtises ensemble. C'est fini. Je ne peux pas croire que je ne vais plus le revoir.

Je regarde encore la mer et les vagues. On ne voit presque plus rien. Je ne peux rien faire, à part pleurer, et crier. C'est un cauchemar.

J'ai l'impression que ce que j'ai mangé depuis une semaine est resté bloqué dans ma gorge. Je n'ai jamais été aussi triste de ma vie. Je crie de toute mes forces « je ne veux pas partir ! ».

Le Maroc s'éloigne encore. Je ne pensais pas que j'avais autant de larmes dans mes yeux. Le vent se lève et me pique le visage. J'ai froid. Mais je ne bougerai pas. J'ai l'impression que c'est la fin de tout. Je suis comme une poterie cassée en mille morceaux.

A SUIVRE…

Retrouvez-moi sur Facebook et sur Instagram
"Karen Merran – auteur"

Remerciements

Un grand merci aux nombreux marocains qui ont partagé leurs souvenirs :
Mes parents dont l'enfance au Maroc, si différente de la mienne, m'a toujours fascinée. Je suis si fière d'être leur fille. Je les remercie pour leur soutien inconditionnel.
Ma grand-mère adorée, mami Suzanne, qui raconte cette époque comme si c'était hier. Avec un thé à la menthe et des bons gateaux le samedi après-midi, elle m'a nourrie d'histoires merveilleuses.
Lisbeth, le "disque dur" de la vie au Maroc ! Elle se souvient de tout ! Elle m'a aussi beaucoup aidé dans la traduction des expressions arabes.
Avigdor, dont l'incroyable histoire m'a inspirée le personage de Simone,
Mais aussi Albert M., Serge M., Guy M., Marcelle E., Tova W, Roger B. et Mohammed B. à qui j'ai posé un nombre infini de questions.

Un grand merci également aux premiers lecteurs de ce roman. Sans eux, je ne me serais jamais lancée. Merci pour leur soutien et leur bienveillance :
Mon frère Eric, Yann M., Kelly M., Nicole V., Cecile P., Audrey S., Audrey B., Jacques S., Severine M.

Un merci tout particulier à :

Solène Merran, l'autre artiste de la famille qui a imaginé et crée le dessin de la couverture.
Christiane L, qui a pris le temps de corriger les fautes d'orthographe.

Le meilleur pour la fin : mon mari !
Je le remercie d'être là, à mes côtés et de m'avoir offert ce temps précieux pour écrire.

GLOSSAIRE

MOTS ARABES

Barakala oufik : merci
Barraka : ça suffit
Blabess les absents ! : les absents nous manquent
Canoun : récipient en terre cuite destiné à la cuisson des aliments
Chiba : Absinthe.
Choucran : merci
Chouf : regarde
Chouchouka : salade cuite avec poivron, tomate, oignon et ail et huile.
Crada : argent donné à Pourim aux enfants
Chebakkia : patisserie frite au miel
Cumpara alikoum : Que je prenne ton mal
Fchouichet : des manières
Fazuelos : gâteau feuilleté très fin au miel
Gnaouas : descendants d'anciens esclaves issus d'Afrique Noire
Hsismi : la malheureuse
Inch'allah : Si Dieu veut
Kbal 120 ans : jusqu'à 120 ans
Kesbor : coriandre
Lahl hfed : que Dieu préserve
Lamardiali : ma vie
La : non
Macroud : gâteau fourré à la pâte de datte et trempé dans le miel
Massapan : gâteau à base de pâte d'amande
Mat jich ina : c'est interdit de venir ici
Man hadars : Que D préserve
Mektoub : c'est écrit

Misquin : le pauvre
Muezzin : Fonctionnaire religieux musulman chargé d'appeler du haut des minarets les fidèles à la prière.
Nabibesk ana : que je souffre à ta place !
Nahnah : menthe
Psala : lourdeur
Rlibat : gâteau sablé
Sfunge : beignet au miel
Talbah : que tu réussisses
Tbarquela : Grâce à Dieu
Treha : raclée
Yeoudi : juif
Waha : d'accord
Walou : rien
Zahtar : Thym

PROVERBES ARABES

Li ma b'ghitich tchouf oujhou f'zanka ta t'chouf trmtou fl'hammam : Celui dont tu ne veux pas voir le visage dans la rue, tu vois son derrière au hammam !
Mat' harf, behek omek tat'khel mrat bouk ! : Tu connaîtras la valeur de ta mère quand arrivera ta belle-mère !
Tah el kesskass ou ta hala rtah ? : Le couscoussier est tombé sur son couvercle ?
Thekt aala zman ouzman houa di thak aalia : Je me suis moquée du temps et le temps s'est moqué de moi
El lsan ma fih a'dam ou li touah ma inedem ! : La langue n'a pas d'os et qui la plie ne le regrette pas !

MOTS LIES A LA RELIGION JUIVE

Chavouot : fête qui célèbre le début de la saison de la moisson du blé et le don de la Torah sur le mont Sinai.
Dafina : plat traditionnel de la cuisine juive sépharade, consommé le samedi midi, après avoir cuit pendant plus de douze heures.
Hametz : produit composé d'une des cinq céréales suivantes : blé, orge, avoine, épeautre, seigle, qui vont subir le processus de fermentation.
Hakadoch barouhou : Dieu
Kidouch : prière du vendredi soir
Kippour : jeûne du grand pardon
Kiboutzim : type de village collectiviste crée au début du XXème siècle.
Lehaim ! : santé !
Matsah : pain non levé, consommé pendant Pessah.
Mimouna : Fête la fin de Pessah o
Machiah : Messie
Mofleta : crêpe juive sépharade
Motsé : bénédiction sur le pain avant le repas
Pessah : Pâque juive
Pourim : fête juive qui commémore la délivrance miraculeuse du peuple juif d'un massacre plannifié par Haman.
Roch hachana : fête juive célébrant la nouvelle année civile du calendrier hébraique.
Seder : rituel hautement symbolique propre à la fête de Pessah visant à commémorer la libération du peuple juif après des années d'esclavage

SOURCES

- 12 interviews de juifs marocains

- Emissions de radio du 5 au 10 juin 1967 Inter actualité : INA.FR

- Site : dafina.net

- Site : moreshet-morocco.com

- Pourquoi les juifs ont quitté le Maroc : https://www.youtube.com/watch?v=esEoG16ZxiM

- L'histoire enchantée des juifs du Maroc : https://dafina.net/gazette/article/l%E2%80%99histoire-enchant%C3%A9e-des-juifs-du-maroc

- Quand la presse marocaine appelait au boycott des juifs : Mohamed Hatimi : http://www.crif.org/fr/tribune/La-presse-marocaine-parle-des-Juifs-du-Maroc8992

- Mais où sont passés les juifs du Maroc ? : http://www.tribunejuive.info/communaute/mais-ou-sont-donc-passes-les-juifs-du-maroc

- La vie des juifs de Safi : http://rol-benzaken.centerblog.net/1683-la-vie-des-juifs-de-safi-autrefois

- Ne jamais oublier le Roi Mohamed V, sauveur de juifs : http://www.tribunejuive.info/histoire/ne-jamais-oublier-le-roi-mohammed-v-le-sauveur-des-juifs

Printed in Poland
by Amazon Fulfillment
Poland Sp. z o.o., Wrocław

49248973R00157